JESSICA KOZMAN

Bakom kulisserna

av två hjärtan

För den mogna läsaren.

Kära läsare!

Jag vill börja med att uttrycka mitt djupaste tack för att du valt att läsa min bok. Att veta att du har tagit dig tid att ta del av min berättelse betyder mer än jag kan beskriva. Det är ditt intresse och stöd som gör det möjligt för mig att fortsätta skriva och dela mina tankar med världen.

Den här boken är inte bara en samling ord, utan en reflektion av de tankar, känslor och upplevelser som många av oss går igenom i livet. Kärleken är något vi alla söker på olika sätt, och ibland känns den långt borta. Men jag vill påminna dig om att kärleken finns, även när det känns som mest hopplöst. Ge aldrig upp hoppet om den.

Tack igen för ditt stöd och förtroende. Jag hoppas att min bok kan ge dig inspiration, tröst och en påminnelse om att kärleken kan övervinna alla hinder, om vi bara vågar tro på den.

Prolog

När jag träffade honom för första gången för tre år sedan, stannade tiden. Hans ögon, djupare än oceanen, lockade mig in i en virvel av känslor som jag inte kunde förklara. Det var som om världen runt oss tystnade, och allt jag kunde höra var ljudet av mitt eget hjärta som bultade i bröstet.

Han, med sitt leende som kunde lysa upp den mörkaste natten, fångade min uppmärksamhet på ett sätt som ingen annan hade gjort. Jag kunde inte slita blicken från honom, för varje rörelse han gjorde var som en dans, en symfoni av perfektion. Och när våra ögon möttes, kände jag det. Det var som om universum själv spelade en melodi bara för oss. I det ögonblicket förstod jag att han var det som hade saknats i mitt liv, den pusselbit som skulle göra min värld komplett. Så jag vågade närma mig, driven av en osynlig kraft, starkare än något jag hade känt tidigare. Och när jag pratade med honom, kände jag att varje ord kom direkt från hjärtat, som om våra själar redan hade känt varandra i en annan tid, en annan plats. Och när jag såg det leende som lyste upp mitt ansikte, visste jag att jag hade hittat min passion, min kärlek. För i hans närvaro kände jag mig levande på ett sätt som jag aldrig hade känt förut. Jag visste att jag skulle göra allt för att behålla den glöd som brann inom mig, för han var inte bara en kille – han var min själsfrände, min eviga kärlek.

1

Detta jobb är mer än bara ett arbete för mig, det är en passion, en kärlek som jag aldrig tidigare upplevt. Att stiga in på filminspelningen varje dag är som att gå in i en värld av glädje och uppfyllelse. Att se skådespelarna utföra sitt arbete fyller mig med en glädje jag knappt kan beskriva. Jobbet som Luke's assistent är en dröm och när min blick fångar honom, då flammar något upp inom mig. Hans leende är som en sol som värmer mig, hans muskler utstrålar styrka och hans tatueringar som omger hans kropp får mig alltid att le och hans hår som dansar i vinden på ett sätt som får mitt hjärta att slå snabbare. Hans ögon glittrar som två gröna smaragder i solen. Varje dag jag får spendera bredvid honom är en gåva, även om han kanske inte ser mig på samma sätt som jag önskar. Visst kan vi le lite extra mot varandra och så och han behandlar inte mig direkt som en assistent utan mer som en vän, även om andra tycker att vi står varandra lite för nära så bryr han sig inte om vad de tycker. Han kör inte med mig som andra gör med sina assistenter. Luke hade lite tid över mellan scenerna och kom fram till mig när jag stod vid snacks bordet. Han tog en chipspåse från bordet och våra ögon möttes, en gnista av lekfullhet i hans ögon mötte mina men vi sa inte ett ord till varandra, han drog en slinga av mitt hår och la den bakom mitt öra och vi bara log mot varandra och Luke gick tillbaka till scenen för att filma. Denna vecka ska vi få några dagar ledigt då filmproducenten Mitchell ska åka iväg för att hans son ska börja på college. Så vi får några dagar att utforska staden lite. Hailey, min bästa vän och min stöttepelare på jobbet, förstår mig som ingen annan. Tack vare henne kan jag fortsätta att fokusera på mitt arbete utan att låta mina känslor distrahera mig för mycket. När vi äntligen är klara för dagen och jag och Hailey sitter i taxin på väg till hotellet, fylls mina tankar av honom. Vad kommer han att göra under dessa lediga dagar? Jag vill inget annat än att spendera varje möjlig minut bredvid honom. Men tanken på vad andra skulle tycka om vår relation skrämmer mig lite. När vi väl är på hotellet tar jag en lång dusch för att varva ner. Men mina tankar är fortfarande hos honom. Jag satte mig ner i sängen, fortfarande klädd i morgonrocken när jag hör ett knackande på dörren och när jag öppnar den, står han där. Mitt hjärta slår snabbare och jag kan knappt tro mina ögon." Kan jag få komma in?", frågade han. Ja, absolut ", svarade jag tillbaka och släppte in honom i rummet. "Jag vill prata med dig om nästa veckans schema". "Absolut, sa jag hastigt. Vi har ju denna veckan ledigt då Mitchell ska iväg och vi kan inte filma utan honom. "Okej", perfekt, sa han med sin drömmiga röst. Vi pratar lite om framtida projekt och när vi var klara frågade jag om han vill se på film med mig som vi gjort många gånger tidigare då jag ändå skulle ta på en och han tackar ja. Jag kan knappt hålla mig lugn. Han är här, bredvid mig i sängen och jag försöker dölja min nervositet, men han verkar märka det ändå. Men när han bjuder in sig själv att krypa under täcket bredvid mig, känner jag hur mina kinder hettar till. Att vara så nära honom är som att vara i en dröm. Han är verkligen perfekt, hans gröna ögon lyser av ljuset från tvn. jag sneglar på han lite då och då, jag kan inte hjälpa det han är så jävla sexig. jag reste mig upp för att fixa till min morgonrock och vände mig bort så att han inte skulle se något men jag kunde känna hans ögon kolla på mig och han säger," du är naken där under va? Det visste jag redan", skrattar han. Va? Hur visste du det?", sa jag medan jag knöt ihop morgonrocken, "det är ingen fara, det är sexigt", sa han plötsligt och jag känner att jag blir helt röd i ansiktet. "Jaså" , svarade jag skrattandes, "ja det är klart, det finns inget annat sexigare än en vacker kvinna som är naken", skrattar han och jag sätter mig tillbaka på min plats i sängen och precis när jag ska dra täcket över mig så möts våra blickar och det enda jag kan se är hans gröna ögon och de där leendet som får mig att smälta, helt plötsligt kysser han mig, jag blir helt förlorad. Tiden stannar och allt jag kan känna är hans mjuk läppar mot mina. Det är som att världen runt omkring oss försvinner och det enda som finns är vi två. Han drog sig undan, "förlåt", sa han. "Du behöver inte säga förlåt, svarade jag med ögonen fulla av åtrå. Han lutade sig mot mig och kysste mig så passionerat att hans beröring är som eld i mitt blod och jag kan inte hjälpa att låta mig svepas med av passionen som brinner mellan oss. Varje kyss, varje smekning, är som en dans av lust och begär. Att vara med honom på detta sätt är som att leva i en dröm. Jag kan knappt tro att det är verkligt. När jag ser in i hans gröna ögon och känner hans närhet, vet jag att detta är precis där jag är menad att vara, i hans famn, förlorad i passionens heta lågor. Här och nu så fanns det bara han och jag, inte min chef och hans assistent, utan här fanns det något starkt en kraft och glöd som inte kunde släckas. Han stannar upp och ser på mig, "är du säker?", frågar han. "Ja", nickade jag och kysste han och vi lät våra kroppar sammanflätas till en och lät hettan mellan oss flöda som en blixt mitt i ett åskväder. I det ögonblicket försvann alla tvivel och rädslor. Vi var två människor som helt och hållet gav oss åt varandra. Det var som om alla våra känslor hade byggts upp under en lång tid och nu äntligen fått utlopp. Ingen av oss visste vad framtiden skulle innebära, men just då, i den intensiva närheten av varandra, var det som om vi var oövervinnliga. Jag ville inte att den känslan skulle försvinna. Han slet upp min morgonrock och jag tog av hans vita linne och lät min hand smeka hans välbyggda muskler. Jag kysste honom på halsen medan hans händer flödade på min kropp med sådan hetta, en sådan hetta jag aldrig upplevt. Hans händer är mjuka som moln och han vet precis vad han ska placera dem, han får mig att rysa. Jag viskar hans namn Luke medan han smeker sin hand från min hals ner mot magen. Och han kollar på mig med de brinnande gröna ögonen fyllda med passion, "ska jag sluta?", frågar han, "nej" svarar jag. Luke för sin händer mot mina höfter och han låter sina läppar leka sig ner för min mage och vidare ner mellan mina lår. Det känns som om huden brinner när han låter sin tunga glida i cirklar mot min klitoris och jag får fram ett stön, njutningen går som en rysning genom kroppen. Luke ser upp och tar av sina shorts och han lägger sig över mig och för in sin hårda lem i mig och båda njuter och den sprakande vågen av energi mellan våra kroppar eskalerade kraftigt. Hans stötar var så intensiva och blev allt snabbare och så sensuella, han visste precis vad han skulle göra och när han når min G punkt kan jag inget annat än att komma i en explosion av intensiva orgasmer. När natten föll över oss låg vi stilla i varandras armar, badade i en känsla av tillfredsställelse och harmoni. Inget behövde sägas, för våra handlingar talade för sig själva.

Det var som om världen utanför vår lilla bubbla hade stannat upp, och det enda som betydde något var vi två. Vi visste båda att vi inte längre kunde fortsätta som om ingenting hade hänt. Men samtidigt ville vi inte låta rädslan för konsekvenserna ta över vårt nu. Vi dröjde oss kvar i varandras famn i sängen och försökte ignorera tankarna på det som låg framför oss. Han kysste mig på pannan, "du är perfekt", sa han med det där leendet som får mig att smälta.

"Luke , du anar inte hur mycket du betyder för mig", svarade jag med en kyss. Den här natten var det bästa som hänt mig på tre år, tre år har jag jobbat för Luke och i tre år har vi hållit känslorna i styr, tills nu. Denna natten som jag inte vill ska ta slut. Hur kunde jag inte se att han också gillade mig, hur kunde jag inte märka något? Hur märkte inte Hailey något? Hon brukar ju ha sin radar uppe när det kommer till sådana saker. Luke somnade och mina tankar snurrade runt och tillslut somnade jag också. När jag vaknade var klockan nästan tio och jag hörde någon knacka på min dörr, Luke sov fortfarande. "Luke vakna, Luke, det är någon som knackar på dörren". Jag drar på mig morgonrocken och kollar i titthålet, det är Hailey. "Luke, de är Hailey, vad ska vi göra?" "Fan också, svarar han, hon kan inte se mig här"." Göm dig i badrummet så ska jag försöka få iväg henne". Han klev upp och gick mot badrummet medan jag öppnade dörren och Hailey ser på mig och säger" hej varför tog de så lång tid? sover du fortfarande? skrattar hon"." Ja, jag sov Hailey", svarade jag som att jag precis klivit upp. "Skynda dig nu, alla väntar och har du sett Luke, han är borta, killarna hittar inte honom någonstans", sa hon oroat. "Nej, jag har inte sett honom, jag har bara varit inne i mitt rum och sovit", ljög jag. Ge mig cirka femton minuter så kommer jag ner till lobbyn så kan vi mötas där", tillade jag.

"Okej, vi ska ju åka iväg till Universal Studios , Tristan, River och de andra vill åka dit så skynda nu", sa Hailey och gick mot hissen. Jag stängde dörren och Luke öppnade dörren till badrummet," det där var nära ögat", sa han med det där magiska leendet. Och gick emot mig och gav mig en kyss." Gå nu till ditt rum så ingen ser att du är här, vi har femton minuter på oss innan Hailey kommer upp igen, du vet hur hon är", skrattar jag." Ja, ja,"sa han med ett skratt." Låt mig kolla så att ingen är i korridoren", sa jag. Jag öppnade dörren och såg att ingen var ute i korridoren och Luke skyndade sig till sitt rum. Jag hoppade in i duschen snabbt och drog på mig kläderna, tog min väska och skyndade mig ut ur rummet och där står han min Luke vid hissen, "vad snabb du var, jag väntade på dig här", skrattade han. jag skrattade till och hissen var framme vid vår våning den var tom som tur, han tog tag i min hand och drog in mig i hissen och gav mig en kyss." Hur gör vi nu?", frågar han." Vi måste hålla detta hemligt tills jag pratat med Hailey, okej?" sa jag oroat.

"Absolut ingen fara, jag förstår", sa han och gav mig en puss på kinden. Hissen plingade till och vi är framme i lobbyn och Hailey ser att jag kommer ut ur hissen med Luke. "Hittade Luke", sa jag glatt till Hailey. "Jo jag ser det, vart har du varit Luke? Alla har letat efter dig", svarade hon tillbaka. "Jag duschade inne i mitt rum, hörde nog inte när det knackade på dörren", svarade Luke med ett leende. "Hörde du inte telefonen heller?", tillade Tristan, som är en skådespelare och en av Luke's bästa vänner."Den måste ha varit på ljudlös", svarade Luke hastigt. "Ska vi åka nu? sa jag för att byta samtalsämne, vi satte oss i bilarna mot Universal Studios. Jag och Hailey satt i en av bilarna , "jag måste berätta något för dig", utbrast jag. "Va?" svarade Hailey, "jag ljög för dig om vart Luke var, sa jag med huvudet vänt mot fönstret. Förlåt att jag ljög"." Vad pratar du om Jess? visste du vart Luke var?"sa hon förvånat." Ja, han, han var med mig", stammade jag fram, fortfarande med huvudet vänt mot fönstret. Hailey tog tag i min arm och bad mig kolla på henne. "Vad menar du med att Luke var med dig?, sa hon glatt, berätta nu." Ja, Luke var med mig, han var med mig hela natten, svarade jag med ett stort leende, men vi vill inte att alla andra ska veta, så play it cool snälla Hailey". "Du skojar? Du och Luke? Omg jag är så glad för din skull Jess", sa Hailey och oroa dig inte, jag säger inget till någon, du vet ju att du är min bästa vän Jess"." Tack Hailey, du är en riktig vän". svarade jag tillbaka. Vi var nu framme vid Universal Studios och alla hoppade ut ur sina bilar och beger sig mot ingången. Jag möter Luke's blick i ögonvrån, han ler stort. Vi försöker verkligen inte visa att vi har något på gång mellan oss. Vi åker olika attraktioner och jag och Luke sneglar lite då och då på varandra med ett leende medan vi står i köerna. Men det enda jag vill är att vara i Luke's famn, den kemin vi har är verkligen magi. Efter cirka en timmes åkturer var det dags att äta lite lunch. Jag står i kön med Hailey till ett av matställena och Luke står bakom mig med Tristan och River. Alla står och kollar på menyn och bestämmer sig för vad de ska äta. "Jag ska nog bara ta en sallad", svarade jag och log mot Hailey. "Ja, det är nog en bra idé, det är för varmt för något annat", svarade Hailey och log tillbaka. Vi åt vår lunch och när vi var klara så skulle vi alla åka några attraktioner till. Luke drar tag i min arm när vi passerar ett hörn när ingen ser och gav mig sin ena nyckel till hans rum. "Lägg den i väskan så kan du komma till mitt rum sen när vi kommer tillbaka till hotellet", och så gav han mig en puss på kinden. Hailey ropade på oss och jag ropade tillbaka att jag tappade min mobil och att Luke hjälpte mig att ta upp den," ja ja, kom nu så att vi inte missar vår plats", ropar Hailey. Mina tankar snurrar och jag kan fortfarande inte förstå att jag och Luke är just precis jag och Luke, att allt som hände denna natt hände. Jag kan fortfarande känna hans kropp emot min och den känslan är helt magisk." Jess", hör jag någon ropa, det var Tristan. "Sluta dagdrömma annars missar du din plats i kön. Det var nu vår tur och alla sätter sig i vagnarna och jag och Luke är de sista att hoppa in, vi sitter bredvid varandra och han ler mot mig med det där leendet och håller min hand i sin medan hans ögon ser in i mina. Vi känner hur vagnen börjar röra sig långsamt framåt, och en pirrande känsla sprider sig i magen. Luke klämmer försiktigt min hand och jag kan inte låta bli att le tillbaka. Vi passerar genom den mörka tunneln, där små ljus blinkar som stjärnor och vi hör åskan från attraktionen framför oss.

När vi når toppen av backen, stannar vagnen för ett ögonblick och vi ser ut över hela parken. "Redo?" frågar Luke, hans röst full av spänning. "Alltid!" svarar jag med ett skratt. Vagnen rusar plötsligt framåt och nerför backen i en rasande fart. Vinden sliter i våra hår och jag känner hur adrenalinet pumpar genom kroppen. Vi skriker av glädje och spänning, och jag kan höra Lukes skratt blandas med mitt. Det känns som om hela världen försvinner och allt som finns är vi två, fria och lyckliga. När vi når botten av backen och vagnen börjar sakta ner, släpper jag en djup suck av lättnad och eufori. Luke ser på mig med ett brett leende och jag kan inte låta bli att skratta. Alla kliver ur vagnarna och rör sig mot utgången, vi samlas utanför och Luke står med Tristan och River och pratar när han plötsligt frågar "Ska vi börja röra oss mot hotellet nu?" med blicken fäst på mig. "Jo, det kan vi nog göra, klockan är redan fyra", svarade Tristan." Ska ni med tjejer?", frågar Tristan." Jo, det kan vi göra, jag är lite trött nu", svarade jag med blicken mot Luke. "Kom så drar vi", sa Hailey. Denna gång delade vi på en bil, jag satt bredvid Luke och Hailey bredvid Tristan och River. När vi var framme vid hotellet så kliver Luke först ut och sedan jag men jag snubblar till och han fångar mig och ser på mig med de där sexiga gröna ögonen och leendet. "Oj då försiktigt, vi vill inte ha några olyckor nu", skrattar han. Vi fortsätter in och Hailey följer med mig till mitt rum." Jess berätta allt nu, allt i minsta detalj, kom igen nu", frågade hon med iver." Okej, en sak kan jag berätta men inte allt okej", skrattade jag. "Han är perfekt, det är allt jag kan säga Hailey". Kom igen nu Jess mer än så får du berätta. "Nej, det är precis det jag inte kan Hailey, jag måste duscha nu, vi kan ses till middagen sen okej, gå nu", sa jag lite irriterande. Hailey gick iväg till sitt rum, min telefon plingade till och ett sms från Luke lyser upp skärmen. Babe, kommer du? Jag ska bara duscha, kommer när jag är klar svarade jag tillbaka. Jag klev in i

duschen och skyndar mig. När jag var klar drog jag på mig
en svart klänning men jag kunde inte stänga till ryggen så jag
får ta hjälp av Luke sen. Jag tog klackarna i handen för jag
vet att så fort jag kommer över till hans rum så kommer han
bara vilja slita av mig allt. Jag letar fram nyckeln till hans rum
ur väskan och kollar så att ingen är i korridoren när jag går ut
ur mitt rum. Med min väska i ena handen och klackarna i
andra går jag mot hans rum och stöter på Tristan och River,
fan också tänker jag." Vart ska du då, Jess?", frågar Tristan.
"Till Luke, vi ska gå igenom lite saker inför nästa vecka",
svarade jag hastigt. "Jaha okej, varför har du skorna i
handen? och varför är din klänning öppen?" skrattar River.
" Jo, för att jag inte når för att stänga till den kanske och
klackarna kan jag ta på sen", skrattar jag. "Humm okej, vi ses
sen då", sa Tristan och de gick iväg. Fan vilken tur att de inte
förstår något tänkte jag för mig själv. Jag tog fram nyckeln till
Lukes rum och öppnade dörren. Där står han i bara en
handduk runt midjan med vatten som droppar ner från hans
honungsbruna hår ner över hans sexiga vältränade kropp,

han hade precis kommit ut ur duschen och höll på att torka sig. Han hörde att jag kom in.” Hej babe, oj du var redo för omgång nummer två”, skrattar han. “Jag når ju inte, vill du hjälpa mig att ta av eller på den”, skrattar jag. Och la ifrån mig min väska och skor på golvet. Han går emot mig och smeker sin hand över min kind och ser mig i ögonen och ger mig en kyss. Han kysser mig med sådan passion medan han tar av mig klänningen och den glider lätt ner på golvet. Vi sammanflätas i en magi, en sådan kraft av sexuellt åtrå. Han trycker mig mot väggen och smeker sina händer över hela min kropp medan han fortsätter att kyssa mig, jag drar mina händer i hans våta hår. Hans beröring är som en eld som jag aldrig vill ska ta slut. Han bär upp mig så att mina ben är runt hans midja och tar oss till hans säng. Jag hasar mig upp lite och han följer efter. Jag sätter mig över honom och kysser han och fortsätter ner mot hans hals och ner mot magen och vidare mot hans hårda lem .” Jess” stönar han fram från njutningen av mina läppar mot hans lem. Luke ber mig komma upp och han vänder på mig och för in sin lem med full upphetsning.” Du är så skön Jess”, viskar han.

Hans stötar är mjuka men blir allt snabbare och snabbare och jag fylls av en explosion av njutning som flödar som eld genom mig som jag inte vill ska ta slut, Hans händer mot min hud är som en magisk kraft som flödar som vågor i havet. Han fortsätter med sina stötar som är nu mer hårda och jag njuter för fullt att jag kommer i en explosion av orgasmer. Jag kysste Luke och låg kvar i hans famn och försökte att hämta andan. Lukes telefon plingar till och han får ett sms. “Kommer ni eller?” Det var från Tristan. “Fan också, vi glömde middagen”. Luke släppte mig och for in i badrummet och jag gick efter. Vi duschade av oss lite snabbt och tog på oss kläderna. Luke knäppte min klänning och kysste mig på halsen. Jag blundade och njöt av hans beröring. Hur ska vi kunna hålla våra händer i styr framför alla andra? tänkte jag för mig själv. Jag tog på mig klackarna och tog väskan i handen och vi gick ut ur hans rum som att inget hade hänt. Väl vid hissen möts vi av River, han är en av skådespelarna i filmen som Luke håller på att filma och en av hans bästa vänner. Luke hälsar på River och likaså jag.” Vi är lite sena men vi gick igenom lite saker inför nästa vecka, som jag sa till dig och Tristan tidigare”, sa jag och Luke ler mot River och säger.” Ja precis, det är ju mycket som kommer hända nästa vecka med intervjuerna och filminspelningen”.

Hissdörren öppnas och vi kliver in, Luke och jag står bredvid varandra bakom River och Luke snuddar vid min hand och ler men har sin blick fram så River inte märker något.” Hörde ni skämtet som Hailey sa till Tristan idag? “Nej”, svarar båda och ser på mig. “Vad kallar man en person som ofta hänger med musiker?” Jag vet inte”, svarar River. “En trummis”, skrattar jag och alla vi tre kommer ut ur hissen mot lobbyn. Luke och River kan inte hålla sig för skratt då Tristan är en trummis, de går fram till Tristan. “Vi hörde precis från Jess vilket skämt Hailey drog för dig tidigare idag”,” Skratta på ni“,svarade Tristan irriterat. “Kom nu, jag håller på att dö av hunger”, sa Hailey gående emot oss.” Ja vi kommer, har bilen kommit?” frågade Tristan.” Ja, den väntar”, sa Hailey. Vi åkte till restaurangen Hell's

Kitchen. Luke höll upp dörren för oss och sa "välkomna mina damer" och log. "En dam kan du vara själv", sa Tristan och puttade till Luke och log. När vi kom in så kom restaurant managern och visade oss till vårt bord. Vi satte oss ner och servitrisen kom fram och gav oss menyn och frågade vad vi ville ha och dricka medan hon hällde upp vatten i våra glas. "Champagne till damerna och öl till oss" , svarade River. Jag satt bredvid Luke på ena långsidan och Hailey, River och Tristan på den andra . "Vad är ni sugna på att äta?" frågade River. "Jag ska nog ta en steak med klyftpotatis", svarade Tristan." Jag tar nog samma sa Luke"," jag ska nog ta kycklingen", svarade Hailey, "blir nog samma för mig", svarade jag. Luke höll min hand under bordet så att killarna inte skulle se. Servitrisen kom tillbaka och tog vår beställning," blir det bra så?" frågade hon. "Ja, det blir super bra, vi säger till om det är något", sa River. Efter cirka femton minuter kommer hon tillbaka med våran mat, den var supergod." Vill du smaka?", frågade jag Luke med ett leende," ja visst", svarar han tillbaka. Jag la upp maten på

min gaffel och matade honom med den.” Ohlala”, hör jag
Tristan och River säga och de skrattar. “Vad? han ville ju
smaka”, skrattar jag tillbaka. “Ni är så söta ihop”, säger
Tristan skämtsamt. “Du skulle bara veta”, hör jag Luke säga
och River höll på att sätta vattnet i halsen. “Va? vad sa du
precis?” frågar Tristan. “Nä, inget”, svarade Luke hastigt. Jag
kramade om hans hand under bordet och han kramade min
hand tillbaka och delade en blick. När vi var klara så bad vi
om notan och betalade. När vi reste oss så lutar Luke sig mot
mig och viskar,” ska vi inte berätta för dem?" Jo, det är nog
lika bra och göra det”, svarar jag tillbaka. Han tar min hand i
sin när vi var på väg ut ur restaurangen och jag kunde se på
honom att han var lättad över att inte behöva dölja vår
relation för sina bästa vänner. Hailey kollade bak och såg att
han höll min hand, hon var så glad för våran skull. Vi stod
utanför och väntade på vår Uber när Tristan vänder sig om
mot oss och ser att jag och Luke håller varandra i handen,
“du skojar”, utbrister han. River vänder sig nu också om i
det ögonblicket och står helt chockad. “Boys skrattar Luke,

träffa min tjej", och kramar om mig bakifrån och pussar mig på kinden. Hailey skrattar och ser att vår bil håller på att köra fram till oss. Vi hoppar in i bilen och killarna ställer massor med frågor medan vi åker tillbaka till hotellet.

2

Väl framme vid hotellet sa jag och Hailey hejdå till killarna och åkte upp till vår våning, de skulle hänga lite ensamma. Vi gick upp till mitt rum och pratade. "Alltså du och Luke, Jess ni är som gjorda för varandra" sa hon. Berätta nu, allt i detalj, snälla". "Okej, okej", skrattade jag. Luke kom till mitt rum efter att vi kom tillbaka hit från inspelningen, han ville se vad han har för saker planerade inför nästa vecka. Efter att jag gett honom all info så frågade jag han om han ville se film med mig som vi gjort många gånger tidigare men denna gång kändes det något annorlunda men han tackade ja. Men saken är den att jag precis hade duschat och var bara klädd i min morgonrock för jag hann inte dra på mig något när han knackade på dörren, berättar jag. "Du skojar", svarade Hailey med stora ögon. "Nej, jag skojar inte, vill du höra resten?", "Ja, det är klart", skrattar hon. "Okej så vi låg här på sängen och såg på en film, sen ställde jag mig upp för att fixa morgonrocken då bältet började släppa så jag skulle knyta om den, jag var ju liksom naken under. Så när jag knöt om den och skulle lägga mig i sängen igen och dra över täcket så möttes vår blick och han kysser mig, precis som på film du vet", fortsätter jag. "Du skojar Jess", får hon bara fram. "Nej, jag skojar inte, det var magi Hailey." Jag är glad för din skull, Jess verkligen". Hon blir tyst i en minut, "vad tänker du Hailey?" frågar jag. "Nu när jag tänker tillbaka, du vet hans blick?". " Ja, det är klart jag vet", svarar jag. "Han har bara den när han ser på dig, när han kollar mot ditt håll, när du är i närheten. Han har inte ens den blicken mot tjejerna som han jobbar med under filminspelningarna eller någon annan, bara dig, Jess, bara dig", tillade hon. "Hailey, jag har gömt mina känslor för den mannen, för alla och även för mig själv sedan den dagen jag fick jobbet som hans assistent", jag går fram och tillbaka vid fotändan av sängen.

"Jag vet Jess, jag har vetat sedan dag ett, jag träffade dig att du älskar honom och ja jag sa älskar. Du ger honom samma blickar som han ger dig, jag har aldrig sett någon vara så kär i någon och man märker dragkraften emellan er. Det är som att ni är själsfränder, ni är varandras motsats men i varandras närhet är ni som ett. Jag inser efter idag Jess att det ska vara ni två. Ni har alltid haft en unik relation till varandra, förklarar hon. Ni har aldrig varit som typiskt chef och assistent mot varandra, er relation har varit som bästa vänner mot varandra. Ni har alltid haft kul i varandras närhet och du har alltid varit som en bästa vän mot honom trots att du bara varit hans assistent". fortsatte hon." Ja, du har nog rätt Hailey", svarade jag. Det knackar på dörren och mitt hjärta stannar i en sekund. Hailey går och öppnar, det är Luke. "Hej", säger han och Hailey släpper in honom i rummet." Hailey, jag tror att du borde gå nu", säger jag med blicken fäst på Luke. När han kom in i rummet kändes det som att tiden stannade, jag kunde bara se honom inget annat. "Det är ju detta jag menade Jess", skrattar hon och så gick hon ut ur mitt rum. "Vad menar hon med den där kommentaren?" undrar Luke. "Nej, det är inget, vi bara pratade bara", svarade jag med ett stort leende. Han kom allt närmre mig och omfamnade mig, kysste mig och fortsatte ner mot halsen medan han drog ner dragkedjan på min klänning. Han visste precis vad han höll på med, hans mjuka händer som gled längst med min rygg. Han slet av mig klänningen och den föll ner på golvet, "du är bara min", viskade han. Jag slet upp hans skjorta och knäppte upp hans bälte och jag kände hans stånd mot min hand. Jag hjälpte honom med att ta av hans byxor och han såg på mig med sådan åtrå som bara han kan. Jag tog på hans stånd medan jag kysste honom ner mot magen och vidare ner mot hans lem och förde mina läppar mjukt mot hans lem, han njöt. "Jess". Han drog upp mig på benen och drog mig till sängen, han smekte sina händer över hela min kropp medan han kysste mig. Hur ska jag få nog av dig? sa han mellan kyssarna. Han bet tag i min troskant och drog av dem, han kysste mig mellan mina lår. Och han gled med sin tunga i lätta cirklar och tryckte in två fingrar i mig medan han lät sin tunga smekte min klitoris, Jag stönade. Att känna hans mjuka tunga mot min svaga punkt var som en eld, som en vulkan som snart ska få utbrott. Han kom upp mot mig och förde sedan in sitt hårda stånd i mig med lätta stötar och jag kunde inget annat än att stöna hans namn," Luke." Jag älskar när du säger mitt namn", viskar han. Och hans stötar blir mer intensiva men plötsligt slutar han och vänder på oss och jag är nu ovanför och rider han med sådan intensitet medan han smeker mina bröst och kysser och nafsade på mina styva bröstvårtor. Allt är så intensivt och jag trycker han djupare in i mig. Att känna hans kropp mot min är som eld som jag aldrig vill ska ta slut. Att se honom njuta av att vara med mig får mig att bli mer upphetsad och det får mig att nå extremt blixtrande orgasmer där jag knappt kan andas. Vi låg i varandras famn och han smekte mig på brösten med sina fingrar. Vi såg i varandras ögon och skrattade till," vi gör verkligen varandra galna", sa han. "Ja, det gör vi men det är bra", skrattade jag." Jag vill ta med dig till ett ställe imorgon, vår första date", sa han." Okej", svarade jag. Hur kunde vi vänta så lång tid för att det skulle bli vi? Varför sa han inget? han hade haft fler chanser att säga något. Kan det vara att han var rädd att förlora mig? precis som jag var rädd att förlora honom samt mitt jobb, mina tankar snurrade runt i trehundra. Jag undrar vad som flödar i hans huvud just nu. Tänk om han tänker precis som jag?. Luke har somnat och jag känner mig så trygg i hans famn och snart somnade jag också. Innan jag vet ordet av det så har det hunnit och bli morgon, men Luke var inte här. Luke ropar jag, inget svar. Vart tog han vägen? undrar jag. Så ser jag att han skrivit en lapp som han lagt på nattduksbordet. Möt mig i lobbyn klockan 12 – Luke. Jag klev upp och duschade och tog på mig kläder, samlade ihop mina saker och tog hissen ner mot lobbyn. Jag kom ut ur hissen och där står han sexig som fan med ett fast grepp om sin gitarr i ena handen och en röd ros i den andra."Hi beautiful", säger han med glittrande ögon och det där leendet som får mig att smälta när han kommer fram till mig. "Hej sexy", får jag bara fram. Han ger mig rosen, kom så går vi, bilen väntar. Han har alltså bokat en bil med en chaufför. Chauffören hjälper mig först in i bilen och sedan kliver Luke in efter mig. "Är ni redo, sir?" frågar han. "Ja, svara Luke", "Luke vart ska vi?" frågar jag. "Du får se". Vi åker cirka en timme till utkanten av staden till en strand, chauffören parkerar bilen och går runt för att öppna dörren. Luke kliver ut först med sin gitarr och ber chauffören hålla i den så att han kan hjälpa mig ut ur bilen. Wow, han har verkligen tänkt på allt, tänkte jag för mig själv med ett leende. Luke drar fram en ögonbindel och ber mig ta på den," jag har en överraskning, snälla ta på den". Jag gör som han säger, han tar min hand och leder mig ner till stranden. När vi kommit ner en bit så stannar han och han ber mig ta av ögonbindeln. Jag kan inte sluta le, han har alltså planerat allt detta. Han har fixat en filt med massa kuddar, ljus, dricka och frukt till oss. En perfekt date helt enkelt, det är bara vi två här. Han ser på mig med sina magiska ögon och ger mig en passionerad kyss. Vi tar en promenad vid strandkanten och efter en stund sätter oss på filten och han drar fram gitarren och börjar sjunga och spela. Hans röst är helt magisk och hans spelande melodi är helt underbar. Jag vill inte att denna känsla ska försvinna, jag vill bara känna mig förlorad i honom, det är han jag vill vara med. Bara han tills jag dör, han gör mig verkligen lycklig. Kan denna dag bli mer perfekt än vad den är just nu? Vi spenderar många timmar på stranden och solen börjar gå ner med en magisk solnedgång som vi kollar på sammanflätade i varandras armar. När solen lagt sig går vi tillbaka till bilen hand i hand. Chauffören kör oss tillbaka till vårt hotell. När vi kom fram såg vi Hailey utanför, hon pratar i telefon. "Vart fan har ni varit?" frågar hon helt stressad, när vi kom ut ur bilen. "Vad menar du?" frågar jag. "Vi har letat efter er i timmar, vi har ringt er så många gånger, jag har polisen i telefonen nu", säger hon helt stressad. Luke tar telefonen från henne och pratar med polisen och förklara för dom att inget har hänt, att vi glömde våra telefoner på hotellet, han la på. "Vad fan Hailey, vi har också ett liv, inget har hänt oss, vi var på en underbar date och så möts vi av dig helt stressad, kom igen nu, vi behöver inte vara med varandra tjugofyrasju. Jag vill spendera så mycket tid jag kan med Jess denna veckan då vi har knappt tid att andas nästa vecka så take a chill pill för fan", sa Luke helt irriterat. Det är inte ofta Luke blir irriterad eller arg men jag gillar att han är bestämd, det är så sexigt, riktigt sexigt. Han tar min hand i sin och vi går in till hotellet, tar hissen upp till vår våning och går till hans rum. Fan va hennes problem? Vi har knappt tid för något när vi jobbar, vi håller koll på alla möten, intervjuer, planerar , hämtar de som behövs, ja till och med åker till andra sidan stan för att hämta eller fixa något, det är vårt jobb. Mitt och Haileys men hon ska fan inte lägga sig i mitt liv när jag är ledig. Det är klart att jag vill spendera min tid med Luke denna veckan, jag är ju hela tiden med henne när vi jobbar då vi är ett team. "Ska vi åka bort resterande dagar?" frågar han, "vad sa du?" han avbröt mina tankar som tur. "Ja, ska vi åka bort? Vart vill du åka?" Jag åker dit du åker", svarar jag med ett leende. Luke ler tillbaka, han tar upp sin telefon och ringer ett samtal medan han går in till badrummet och jag sätter mig på sängen. "Okej säger han när han kommer tillbaka till rummet igen, vi måste packa. Packa lite blandat med kläder okej?" jag ser på honom från sängen och kan inte vara lyckligare." Okej Luke, inga problem, jag reser mig från sängen och går fram till honom och ger honom en puss, "Ska jag hjälpa dig?" frågar jag. "Gå till ditt rum och packa så ses vi vid hissen om tjugo minuter. Jag kan bli klar på femton" skrattar jag, "okej, då säger vi så, om femton minuter", ler han. Jag går till mitt rum med snabba steg, öppnar min dörr och drar fram en väska som jag packar med det viktigaste som jag skulle behöva, resten kan jag alltid köpa om det skulle behövas. Jag hör att någon knackar på min dörr, det är Hailey. "Förlåt mig Jess", säger hon med tårar i ögonen. "Det är ingen fara Hailey, gråt inte, men just nu så måste jag packa klart". Hon kollar på mig förvånat, "packa?" Ja, jag och Luke kommer att vara borta ett par dagar okej, jag hör av mig minst en gång om dagen okej? Luke och jag behöver lite space just nu." Var ska ni? "undrar hon."Jag vet inte, Luke sa inget om vart vi ska." Okej men glöm inte höra av dig okej, jag älskar dig Jess du är min bästa vän". "Jag hör av mig, svarade jag, nu måste jag packa klart. Jag har bara fem minuter på mig". Hon gick vidare till sitt rum och jag hann precis bli klar. Jag tog min resväska och gick mot hissen och Luke stod och väntade på mig. Han såg på mig och sa att” bilen mot flygplatsen är här om någon minut”,” okej, svarar jag. Fan vad jag älskar den här sidan av honom när han är så bestämd och vet precis vad han vill. Vi åkte ner och satte oss i bilen mot flygplatsen. “Luke vart ska vi, berätta nu”, envisades jag. “Det får du veta när vi är framme”, skrattar han och ger mig en puss. När vi väl var framme vid flygplatsen hade klockan hunnit bli långt över midnatt, vi tog ut våra väskor ur bilen och gick mot check in disken. Lämnade av väskorna och började gå mot säkerhetskontrollen, Allt gick jätte smidigt tills ett fan såg oss, Shit också. Hon gick fram till oss ganska diskret ändå som tur, hon bad om en bild som jag tog på dom och en autograf vilket han snällt tackade ja till. Hon blev jätteglad och vi pratade med henne en liten stund innan vi började gå mot vår gate. Luke bad även tjejen att inte lägga upp bilden på sociala medier förrän hon landade vid sin egna destination, och hon lovade. Vart ska vi åka undrade jag fortfarande, han hade mitt boardingkort och lät inte mig se vart vi skulle, Luke kan vara ganska impulsiv ibland. Men det är en av de egenskaperna jag gillar med honom. Han är ganska fri i vad han ska göra och inte göra. Nu var vi framme vid gaten och på bildskärmen står vår destination, Toronto, Kanada. Vi ska alltså till hans familj, Vi gick fram och visade våra biljetter till personalen och fortsatte att gå mot planet. "Du är verkligen underbar Luke", viskade jag, Han såg på mig med ett leende. Vi hälsade på kabinpersonalen och en flygvärdinna visade oss till våra platser. Luke hade platsen vid fönstret och jag i mitten. Jag höll hans hand genom hela resan, han gillar inte att flyga fastän vi flyger över hela jorden för jobb. Jag är inte flygrädd alls, jag gillar att flyga. Flygresan tog cirka tio timmar med mellanlandningen i Toronto och när vi äntligen landade i Moncton så hämtade vi upp vårt bagage och begav oss till utgången. Luke tog fram sin telefon ur fickan och ringde ett samtal, en bil körde fram till oss och en äldre kopia av Luke gick ur bilen. Han hälsade på Luke med en stor kram och sa "välkommen hem broder". Luke tog min hand och presenterade mig. "Det här är Jess", sa han och log brett. "Hej", sa jag, Han såg på mig och sa" Jess, hon, Jess" och såg på Luke, han gav mig en kram och sa "Välkommen Jess. Jag är Luke's bror, Jeremy "och log brett. Luke öppnade dörren till bilen och jag satte mig medan han och Jeremy la in bagaget i bakluckan. Luke satte sig bredvid sin bror i bilen, "är allt okej?" frågar han och vänder sig om och ser på mig. "Jo då, ingen fara", log jag. Vi åkte i cirka två timmar till deras hus i New Brunswick. Det var ett vackert hus i utkanten av staden, en fridfull plats. Det låg nära en sjö och det fanns en hel del skog. Nu förstår jag varför Luke ville att vi skulle åka hit, han ville känna sig trygg, han ville bort från storstaden och allt oväsen. Han ville bara vara, Han ville vara med sin familj men även mig. Jag ler för mig själv, tänk att han känner sig så trygg med mig att han ville att jag ska följa med till hans trygga plats, och träffa hans familj. Jag har bara träffat hans mamma ett fåtal gånger då hon var hans assistent innan mig, men hon ville spendera mer tid med familjen. Men nu var jag inte bara hans assistent, jag var ju hans flickvän också. Luke's mamma kommer ut på verandan och väntar på att Jeremy ska parkera bilen på uppfarten. Luke går ut ur bilen och öppnar dörren för mig medan Jeremy tar ut bagaget åt oss. Luke går fram till hans mamma och kramar henne hårt.” Vad har hänt Luke?”, frågade hon medan han höll henne hårt. Han svarar henne inte, hon lägger märket till mig och ler, “Åh är Jessenia med dig, vad kul”. Jag tar mina saker och går upp mot huset, Luke släpper henne och hon går fram och kramar mig. “Hej Mrs Scott, är allt bra med er”? jag går fram med ett leende, Mrs Scott är den enda som säger hela mitt namn.” Jo då, vad kul att se er här. Har det hänt något?” frågade hon oroat. “Nej då, vi behövde bara komma bort lite”, svarar jag men hon kan se att vi håller tillbaka något för henne men hon låter det vara så länge.” Kom så ska vi äta lite, ni är säkert hungriga och trötta efter resan”, säger hon och börjar gå in. Luke ser på mig och sedan på Jeremy, “säg inte ännu Jeremy, låt mig berätta för henne”. Jeremy nickar ett ja medan han hjälper till att bära in väskorna. Vi gick in till köket och Mrs Scott frågar om vi vill ha något att dricka medan vi väntar på att maten ska bli klar. Luke hoppar upp på köksön och ser på sin mamma med ett stort leende,” varför kollar du på mig så”, frågar hon. “Får jag inte det”? skrattar han. “Okej, ni två berätta vad som hänt nu”, säger hon strängt och ser på både mig och Luke, “nå fram med det”. “Okej, okej” svarar Luke, “Jag och Jess är ett par och ja hon ska fortsätta jobba för mig så den diskussionen kan vi släppa redan nu”. Hon ser på oss med ett leende och får fram ett ”äntligen”. Både jag och Luke ser på varandra helt förvånade. “Vad menar du med äntligen?” får han fram, “redan från dag ett såg jag att det fanns kemi mellan er så jag är inte förvånad men en sak är jag förvånad över är att det tagit er tre år att nå fram hit”, skrattar hon och räcker över ett glas vatten till mig. Jeremy kommer in till köket och pratar lite med Luke medan Mrs Scott visar mig till mitt rum. “Gick resan bra Jessenia”, frågade hon när vi gick upp för trappan till övervåningen. “Jo då Mrs Scott, allt gick jätte bra”, svarade jag. “Skönt och höra, så vad har ni för planer här då?“ Luke ville umgås med er då allt är så stressigt i LA och Mitchell är borta denna vecka så vi fick ledigt men vi måste vara tillbaka på söndag då Luke börjar filma på måndag igen", svarade jag." Okej då får vi ta vara på den lilla tid vi har, jag har saknat Luke så mycket och Mr Scott kommer hem från jobbet snart, han kommer bli så glad att träffa er". Vi var framme vid Lukes systers rum," är det okej om du delar rum med Sarah? "frågar hon. "Absolut ingen fara", svarade jag och ställde mina väskor på golvet. "Kom så går vi ner till pojkarna så dom inte ställer till det i köket", vi gick ner till köket igen och Mrs Scott tittade till maten." Luke, du kan väl visa Jess runt lite tills pappa kommer hem", föreslog Jeremy. Luke hoppade ner från köksön och tog min hand, kom, sa han och drog mig ut ur köket, vi gick ut och promenerade mot sjön som ligger intill huset. Där fanns en liten förrådsstuga med en liten bänk och vi satte oss ner." Jess, tack för att du finns för mig, jag behövde verkligen komma hit. Det blev så mycket i LA", förklarade han och smekte sin hand genom mitt hår ner mot kinden medan han såg på mig." Absolut Luke, jag gör allt för dig", svarade jag med blicken fäst på honom och gav honom en puss. Vi hörde fotsteg bakom oss, det var Jeremy. "Shit brorsan, jag har aldrig sett sådan kemi mellan två personer förut" skrattar han, maten är klar och pappa kom precis så kom ni två turturduvor så ska vi äta, jag är hungrig". Jag rodnar lite, Luke ställer sig upp och tar min hand och vi går upp mot huset. Mr Scott står på verandan och vi gick fram till honom, han kramar om Luke hårt, "Åh min son är hemma, säger han och han har en vacker flicka med sig"." Hej Mr Scott, trevligt att träffas", säger jag och räcker fram min hand för att hälsa." Här kramas vi", skrattar han och drar in mig i en kram. Pappa, hör jag Luke säga, släpp min tjej nu så vi kan äta". Han släpper mig och vi går in till huset. Jag går in till badrummet för att tvätta händerna och går sedan mot matsalen. Jag ställde mig vid dörrkarmen när Mrs Scott sa," du kan sitta här och pekar på en av stolarna". "Tack", säger jag och går dit. Det var en trevlig middag med en massa skratt och historier som berättades. Allt kändes så hemtrevligt, till skillnad från min egna familj.

Här kände jag verkligen att jag var välkommen. Efter maten visade Luke resten av huset, de hade ett musikrum. Det hängde gitarrer på en vägg och på ställningar på golvet, och det fanns ett piano, ett trumset, fioler och en hel del andra instrument. Jag gick runt i rummet medan Luke stod vid dörröppningen och beundrade min nyfikenhet på alla vackra instrument. Jag gick bort till pianot och satte mig på pallen, jag drog fingrarna på tangenterna." Spelar du?", frågar jag, han går fram till mig, "vi får väl se, skrattar han och sätter sig bredvid mig, det var länge sedan men jag testar". Luke satte sig tillrätta och började spela på en vacker melodi, hela min kropp rös. Han var så sexig när han spelade, precis som när han spelade på sin gitarr. Han slutar spela och ser mig i ögonen och ler. Jag får inte fram ett ord, jag är så förtrollad av honom. Jeremy kommer in i rummet och klappar händerna och jag vaknar från förtrollningen och ställer mig upp." Vad vill du?", säger Luke och vänder huvudet mot honom. "Mamma vill prata med dig, kom".

"Gå du, jag klarar mig, sa jag, jag kan se mig omkring här och går fram till en av gitarrerna som står på golvet". Luke kom tillbaka efter några minuter, han ser glad ut." Mamma och pappa undrar om vi ska göra en brasa vid sjön så kan vi göra lite s'mores och bara umgås?, Sarah kommer lite senare också". Det låter som en superbra idé, jag måste bara byta om". "Gör så, så ses vi nere vid sjön", sa han och gick ut till de andra. Jag gick upp till övervåningen och in i Sarah's rum och tog på mig lite varmare kläder och gick ut. Det var en vacker kväll och solen höll på att gå ner, jag såg att en till bil stod på uppfarten nu, det måste vara Sarah's. Jag promenerade ner mot sjön. Väl framme hälsade jag på alla och satte mig ner vid brasan och såg ut över vattnet. Det var något magiskt med den här platsen, platsen som Luke växte upp på. Det är så fridfullt och stilla, helt utan stress. Sarah satte sig bredvid mig och kramade mig." Hej, äntligen får jag träffa dig i verkligheten", skrattar hon. "Ja, Sarah så kul", svarade jag tillbaka med ett stort leende. "Jag är så glad för din och Lukes skull, ni är perfekta för varandra", tillade hon." Tack så mycket Sarah, rykten sprids snabbt här", och så kramade jag om henne. "Luke och Jeremy ska bara gå och hämta gitarrerna och sen kan vi göra lite s'mores, det är inte en s'mores kväll utan sång i familjen Scott", skrattar hon. Jag älskar och sjunga men inte framför folk, det är inte så att jag är dålig på sjunga men jag är inte direkt ett proffs. Hailey säger att jag är jättebra och jag vet att hon inte skulle ljuga för mig, vi får se vart denna kvällen slutar, tänkte jag för mig själv. Luke och Jeremy var nu tillbaka och satte sig vid brasan. Luke började spela och sjunga och Jeremy hakade på. Det var verkligen perfektion, jag sveptes med i musiken och njöt av att höra dem spela och sjunga. Jag märkte också att Luke bara hade blicken fokuserad på mig, det var som att han bara såg mig och det märkte alla runt oss. Han ser verkligen på mig så som jag ser på honom. Sarah stöter till mig i sidan och jag vaknar ur min lilla trans," wow", säger hon, Jeremy hade rätt om er två och så skrattade hon. Jag rodnar lite och försöker att fokusera på att rosta en marshmallow i elden." Shit, vi måste verkligen sluta med det där", tänkte jag för mig själv och skrattade lite lätt. Killarna spelade hela kvällen och alla sjöng med i olika låtar och vi hade det jättetrevligt. Jag började bli jättetrött och gäspade.

"Ni kanske ska gå och lägga er nu", hör jag Mrs Scott säga. "Förlåt men jag är jättetrött efter en flygresan", får jag fram mellan gäspningarna. Luke ställde sig upp med gitarren i handen och kom fram till mig och tog min hand. "Vi går och lägger oss nu, du har rätt mamma", vi tackade för oss och promenerade upp till huset. När vi kom upp till verandan på framsidan av huset och utom synhåll från Lukes familj stannade han till. Han såg på mig och log, "sluta, får jag fram. Vi är hos din familj, vi kan inte, inte här". Han skrattar och trycker min rygg mot pelaren på verandan och kysser mig mjukt." Nej, inte här jag vet men det finns andra ställen". Vi gick in efter någon minut och tog en dusch sen gick vi och la oss i varsitt rum.

3

Den här natten sov jag bra men jag saknade att sova i Lukes famn, Sarah's säng var skön att sova i och jag känner mig utvilad men det är inte detsamma utan honom. Hans familj är så fina mot mig, visst jag har känt dom i tre år men jag bor ju i USA och dom i Kanada och har bara träffat hans underbara mamma innan men inte resten av familjen då det inte fanns möjligheten för det, vi har bara pratat i telefon eller videosamtal när dom har försökt att få tag i Luke. Den här familjen känns så trygg och jag är lättad över att dom accepterar mig i familjen. Jag är ju lite äldre än Luke. Men för mig spelar åldern ingen roll, jag älskar honom ändå. Det knackar på dörren, "Hej Jessenia, är du vaken? "Mrs Scott kom in rummet, "Hej Mrs Scott förlåt ja, jag är vaken", svarade jag." Ingen fara, tänkte bara säga att det finns frukost nere i köket om du vill ha"," ja tack så mycket jag kommer ner strax", svarade jag. Jag steg upp och fixade till mig och drog på mig kläderna och gick ner. Luke satt vid bordet i bar överkropp och hans muskler glänste i solljuset, hans hår var rufsigt. Och han åt en skål med flingor och kollade på sin telefon. Jag stannade till i dörrkarmen och kunde inte sluta att se på den fantastiska killen som jag får äran att kalla min pojkvän, han såg upp från mobilen och mötte min blick. "Hej bebe, sovit gott?," Jodå, det har jag", svarar jag. Jag satte mig bredvid honom och viskade, "kan du ta på en tröja, är du snäll", han rös till så att han fick gåshud medan jag drog mina naglar i nacken på honom. "Gör inte så, annars kommer jag straffa dig," viskar han tillbaka. Jag skrattar till och ger han en puss på kinden. Han drog på sig sitt linne som låg i hans knä. Mrs Scott kom in till köket och satte sig vid bordet. "Vad har ni för planer idag Luke?" frågade hon, "Jag tänkte visa Jess runt lite, kanske åka ut med fyrhjulingen och se på vattenfallen". "Låter mysigt, är ni tillbaka till middagen? "frågade hon. "Det tror jag att vi kommer", sa Luke. Vi åt upp och ställde undan disken och begav oss ut till garaget. Luke visade mig hjälmarna och jag provade vilken som passade bäst. Han fyllde på med bensin i fyrhjulingen och backade ut den, jag satte mig bakom honom och vi åkte iväg. Vi åkte långt in i skogen och han stannade till på vägen några gånger för att berätta lite roliga historier från den tid när han var barn och han åkte runt här med sina vänner och familjen. Naturen var verkligen vacker, så fridfullt. Vi åkte några minuter till, tills vi kom till en helt magisk plats. Vi parkerade och gick en liten bit in i skogen. Där fanns en liten sjö med ett vackert vattenfall, det såg ut som en liten oas. Vi stod där en stund och bara beundrade skönheten i det naturliga landskapet omkring oss. Ljudet av vattnet som forsade nedför vattenfallet och fåglarnas sång fyllde luften, och det kändes skönt att få komma bort från storstaden. Luke log och vände sig mot mig. "Vad tycker du?" frågade han med ett leende. "Det är fantastiskt, jag kunde aldrig föreställa mig att det skulle finnas en sådan vacker plats," svarade jag, fortfarande förundrad över det jag såg."Ja, det är en av mina favoritplatser att komma till när jag behöver komma bort från allt," berättade Luke." Det är underbart", svarade jag. Det är som om all stress bara försvinner så fort man är här, fortsatte han. Vi satt oss på en närliggande sten och lät tystnaden omfamna oss en stund.

Det var som om tiden stod stilla och att höra vattnet från det rinnande vattenfallet och höra fåglarna kvittra sin sång i skogen var verkligen vad vi behövde för att varva ner våra tankar. Vi satt där en stund till, låtande naturens lugn smälta in i våra själar. Jag lät mina ögon vandra över det grönskande landskapet och kände mig fylld av tacksamhet för att få vara en del av den här magiska stunden. Efter en stund bröt Luke tystnaden. "Jag har något att visa dig," sa han hemlighetsfullt och reste sig upp från stenen. Han sträckte ut sin hand mot mig och jag tog den utan att tveka. Tillsammans gick vi igenom stenarna vid sjökanten mot vattenfallet, vars dånande ljud fyllde luften med en kraftfull energi. Med varje steg närmare kände jag pulsen öka, inte bara av spänning över vad Luke hade att visa mig, utan också av den överväldigande närvaron av naturens kraft och skönhet. Vi kom fram till en dold glänta bakom vattenfallet, där solens strålar lekte med vattnets skimrande droppar och skapade ett kalejdoskop av färger. Luke stannade och vände sig mot mig med ett leende som avslöjade en glimt av hans barnsliga entusiasm."Stäng ögonen," instruerade han mjukt. Jag lydde, och kände hans hand som lätt slöt sig om min, ledde mig framåt. Jag lät mina andra sinnen ta över, och doften av fuktig skog och det svaga dånandet av vattnet blev mer intensivt och vi närmade oss vårt mål. När Luke bad mig öppna ögonen möttes jag av en syn som tog andan ur mig. Framför oss öppnade sig en underjordisk grotta, upplyst av tusentals glittrande kristaller som hängde från taket och väggarna. Ljuset bröts och dansade i regnbågens alla färger, och jag kunde inte låta bli att låta mina fingrar glida över de släta ytorna."Det här är mitt hem," viskade Luke, och jag kunde höra stoltheten i hans röst. "Jag har spenderat många timmar här, ensam med mina tankar och drömmar. "Jag ville att du skulle få se det, för jag vet att du också kommer att uppskatta dess skönhet."Jag kände mig ödmjukt rörd av att Luke hade delat detta hemliga paradis med mig. Han tog

min hand i sin, strök min kind med den andra, log och gav
mig en kyss. Vi satte oss ner, omfamnade bland kristallerna
och tystnaden, bara njöt av varandras närvaro och den
magiska atmosfären. Ingen av oss behövde säga något mer,
för i det ögonblicket förstod jag att detta var en stund av ren
och obeskrivlig förtrolighet som skulle för evigt prägla vårt
band. Luke sneglade på sin klocka, "fan också, vi måste börja
röra oss tillbaka", sa han missnöjd över att vi måste lämna
denna magiska plats. Vi reste oss motvilligt upp och fortsatte
att gå mot fyrhjulingen. Vi var nu framme vid Luke's
föräldrars hus. Luke parkerade fyrhjulingen i garaget och vi
la ifrån oss hjälmarna på sin plats och började gå mot huset.
Mrs Scott stod och lagade middagen, hon vände sig om och
hälsade oss välkomna tillbaka. "Så vad har ni utforskat idag
då?", frågade hon. "Vi var vid vattenfallet" svarade Luke
med ett leende. "Åh vad roligt", svarade hon tillbaka. "Jag
ska gå och fräscha till mig innan middagen", sa jag och log.
Jag gick upp för trappan till Sarah's rum och tog en dusch,
när jag höll på att klä på mig så kom Sarah in i rummet med

ett stort leende. " Jag hörde att ni var ute och såg på vattenfallet idag, visst är det vackert där?", frågade hon.

"Hej, jo absolut, det är jättevackert där, en magisk liten plats", svarade jag medan jag torkade håret med handduken. Sarah satte sig på sin säng och vi pratade en liten stund innan maten, sedan gick vi båda ner till matsalen. Vi satte oss alla vid matsalsbordet och åt en underbar middag, alla berättade om sin dag och hur den hade varit. Efter middagen gick vi en promenad vid sjön och såg på solnedgången tillsammans, medan Luke, Jeremy och Mr Scott tände en brasa som vi kunde sitta vid. Efter att solnedgångens färger börjat avta samlades vi runt brasan som flammade med sitt vackra sken över oss. Luke och Jeremy spelade och sjöng precis som kvällen innan. Jag njöt av att vara här och jag förstår Luke mer än någonsin nu. Han delar sina mest speciella ögonblick med mig utan att tveka. Det är som om han öppnar upp sig på ett sätt jag aldrig har sett hos honom förut. Kanske är det den lugna atmosfären vid sjön som får honom att känna sig så trygg nog att vara sårbar inför mig. "Kan du sjunga?", frågar Mr Scott mig helt plötsligt, " jag vet inte", svarade jag generat. " Här hos familjen Scott behöver man inte skämmas, kan man prata kan man sjunga", skrattar Mr Scott." Luke, Jeremy spela något vi alla kan sjunga till", beordrade han dem och de gjorde som deras pappa sa." Vad sägs som Ed Sheeran - Give me love" frågade Jeremy och log, "ja", svarade Sarah. Luke och Jeremy började spela och Sarah började spela fiol. Jag tog ett djupt andetag och började sjunga med Sarah, Lukes ögon såg på mig med förvåning. "Wow", ser jag han forma på sina läppar och han ger mig en gillande blick. Vi sjöng klart, "Wow, Jess, du kan verkligen sjunga", sa Luke och kom bort till mig och gav mig en lång kram. "Vem visste att du kan sjunga så vackert Jess, bra jobbat", sa Jeremy och Mr Scott och Mrs Scott instämde.

"Vad var det jag sa, kan man prata, kan man sjunga" skrattade Mr Scott. Kvällen började nå sitt slut och vi packade ihop våra saker och begav oss mot huset för att få lite sömn. Jag och Luke gick sist och han stannade till, "Varför har du inte sagt att du kan sjunga?". " Så bra är jag väl inte? eller?, jag såg på honom med ett leende. "Jo det är precis vad du är, du är jätte bra", sa han med en stolt blick och gav mig en lång kyss. Vi fortsatte in och gick och la oss.

Dagarna flög förbi denna vecka med massor med skoj, utflykter och många kvällar vid sjön. Det är nu lördag och jag är så tacksam att jag fick spendera all denna tid med Lukes familj. Vid midnatt går vårt flyg tillbaka till LA. Jag packade in det sista av mina saker i bagaget och Mrs Scott kommer fram till mig. "Jessenia", sa hon med en orolig röst, " ja, Mrs Scott?", svarade jag. "Ta väl hand om min Luke i LA". "Självklart kommer jag att göra det, oroa dig inte", log jag. "Tack, Jessenia, och jo en sak till. Jag skulle vara stolt att ha dig som en svärdotter", hon blinkade med ena ögat och skyndade sig ut ur rummet. Vad menar hon med de där sista som hon sa? Tänker Luke fria? dök det upp i mitt huvud, jag började skaka och var tvungen att sätta mig ner, när jag hörde från nedervåningen, "Jess är du klar? Vi måste åka nu", ropade Jeremy till mig. Jag ställde mig upp och tog mina väskor med skakande händer och började gå ner. Mina

tankar flög omkring i huvudet på mig, kan det vara sant det
hon sa eller skojade hon?. Jag gick till bilen och la in bagaget
i bilen. Jag och Luke kramade om hans familj och sa hejdå,
sedan satte vi oss i bilen mot flygplatsen och jag kunde inte
hjälpa att fälla en tår när vi körde ut från uppfarten.

4

Efter att vi flugit i nästan tio timmar var vi framme i LA igen, tillbaka till verkligheten. När vi kom fram till hotellet så var klockan lite efter två på eftermiddagen, Hailey mötte oss i lobbyn och gav oss en liten uppdatering om hur hennes vecka har varit. Sedan tog vi hissen till vår våning, jag och Luke gick till mitt rum och la oss i sängen för att vila lite. Vi låg emot varandra och såg varandra i ögonen utan att säga ett ord, Luke strök sin hand vid min kind. "Jess, jag älskar dig", viskade han och slöt sina ögon. Jag lät Luke sova en stund, jag vet att det var svårt för honom att lämna sin familj. Hans mammas ord ekade fortfarande i mitt huvud, jag försökte att inte tänka på det men det höll sig kvar. Jag gick upp ur sängen tyst och packade upp min väska och tog en dusch. Jag lät Luke sova i två timmar annars skulle han ställa om dygnet och vi har en tidig dag imorgon. Jag la mig bredvid honom och pussade på honom så att han skulle vakna,"

Luke dags att vakna, Luke?", viskar jag mellan kyssarna. Han öppnar sina ögon." Hur länge har jag sovit?", frågar han trött. "Jag lät dig sova två timmar men du måste upp nu", svarade jag, han märkte nu att jag låg där i mina underkläder, "mums, frukost" och han skrattade och sträckte sig. Jag skrattar och sätter mig över honom, hjälper honom med tröjan och kysser honom." jag har saknat dig", viskar han lätt och vänder på oss så att han är över mig, hans gröna ögon glittrar av åtrå. Han drar sin tummen över mina läppar och kysste dem, Han fortsatte ner mot halsen och sen tillbaka mot mina läppar medan hans hand rör sig mot min troskant. Han för sin hand under trosorna och smeker lätt medan han kysser mig. Han fortsatte att kyssa mig ner mot magen, han såg upp på mig. Jag rös i hela kroppen, han fortsatte att kyssa mig ner mot min klitoris och när hans tunga nådde min svaga punkt, mjukt som en fjäder kunde jag inte göra något annat än att stöna av njutning och det känns som att tiden står stilla. Jag greppar tag i det mjuka lakanet och han slutar helt plötsligt och han för sin hårda lem i mig och stötarna får mig att stöna allt högre, och hans mjuka läppar mot min hud är som en eld. Jag vill inte att känslan ska försvinna, jag är helt förlorad i honom. Jag sluter mina ögon och låter mig sjunka djupare in i honom. Jag känner mig hel, fulländad och helt omsluten av Luke. Hans stötar blir allt hårdare och hårdare och så intensiva. Jag njuter verkligen av att ha honom i mig och hans beröring mot min kropp känns som eld, hans läppar mot min hud får mig att smälta och jag kan inte hjälpa att nå det ultimata klimaxet och skriker "Luke". Han fortsätter stöta mot mig men intensitet och jag kommer fler gånger och vi når ett sensuellt klimax tillsammans. Han lägger sig bredvid mig i sängen och andas tungt. "Jess" säger han medan han hämtar andan, han är helt mållös och skrattar." Shit baby, de där var inte från denna planet". Jag skrattar och kan inte sluta. Så där ligger vi en stund och kan inte sluta skratta, när vi samlat ihop oss efter en stund så gick vi och tog en dusch tillsammans. Hans blöta kropp mot min är så underbar, hans muskler är fylliga och hans hår hänger ner. Jag kan inte sluta ta på honom, han är som en drog.

Han fyller mitt hjärta med kärlek och ödmjukhet. Jag har länge haft en krossad själ, men under dessa tre år som jag jobbat för honom har han varit den som helat den. Han har varit en så underbar människa, en riktig gentleman. När jag är med honom så vet jag att jag lever och inte står i en skugga av längtan och begär, det är han och jag nu och inget kan stoppa oss. Vi gjorde oss klara efter duschen för att möta de andra och äta middag. Tristan, River, Hailey och några fler från film crewet samt Lukes motskådespelerska Abby väntade på oss i lobbyn. Vi hälsade på alla och väntade på att våra bilarna skulle rulla fram. Hailey hade bokat bord åt oss på Nobu i Malibu då den ligger vid vattnet och så vi hoppas att vi hinner se solnedgången. Vi steg in i de bekväma bilarna och snart rullade vi iväg mot Nobu. På vägen dit skrattade vi åt gamla minnen och delade skvaller från inspelningen. Tristan berättade om den gången han nästan ramlade i vattnet under en scen och River drog ett skämt om den gången Hailey spillde kaffe på Tristan's nya skjorta. När vi äntligen nådde restaurangen, välkomnades vi av den varma atmosfären och den friska havsluften. Serveringspersonalen ledde oss till vårt bord vid fönstret med en fantastisk utsikt över havet. Solen började sakta sjunka ner mot horisonten och målningen av rosa, orange och lila färger målade himlen och vi kunde se några delfiner leka vid horisonten. Vi pratade och skrattade medan vi bläddrade igenom menyn och delade våra favoritmaträtter. När maten väl serverades, blev det en fest för våra smaklökar. Sushin smälte i munnen och de grillade rätterna var så saftiga och smakrika att vi nästan kunde känna smaken av havet i varje tugga. Tristan frågade mig och Luke hur det var på våran resa, "det var underbart att få träffa Luke's familj, vi hade jätteroligt och utforskade massor med intressanta platser från Luke's barndom", svarade jag. " Jag behövde komma bort lite från stan och jag ville att Jess skulle träffa min familj, det var precis det vi båda behövde göra", förklarade Luke. Efter att ha avnjutit den läckra måltiden och skådat solnedgången över havet, kände vi oss nöjda och avslappnade. Vi samlade ihop oss, betalade och rörde oss mot bilarna tillbaka till hotellet. Vi skulle upp tidigt och ha ett morgonmöte på med Mitchell som nu var tillbaka och det var dags att fortsätta att jobba. När vi kom fram till hotellet gick alla till sina rum, jag och Luke gick till hans. Jag hann knappt stänga dörren till hans rum innan han med sin mjuka beröring tryckte mig mot väggen och kysste mig. Han kysste mig med sådan passion och hans grepp om mig fick mig att bli svag. Han slet upp sin skjorta och jag knäppte upp hans byxor. Han tog av min kavaj medan han kysste min hals och slet av mig mitt linne och fortsatte sedan att knäppa upp mina byxor. Han såg på mig med blick full av lust och längtan, längtan att få känna sin lem i mig. Vi backade mot sängen, med honom över mig. Att känna hans vackra kropp, hans muskler, hans tyngd på mig får mig bara att bli mer upphetsad. Luke drar mig mot sängkanten och kysser mig från halsen ner mot magen och vidare mot mina lår. Han leker sig fram med sina fingrar mot min klitoris och jag stönar, hans tunga cirklar runt mjukt och jag vill bara ha mer. Jag stönar fram ett "kom" och han ser upp på mig och kryper upp till mig, vi hasar oss upp från kanten och han lägger sig på mig och för in sin hårda lem i mig. Stötarna är hårda och båda njuter, han ökar farten och stötarna är så pass intensiva att jag kan inte hålla mig från att stöna så högt att vi hör grannen banka på väggen bredvid, vi skrattar till men Luke håller samma takt och får mig att stöna mer och mer. Vi fortsätter i vår passionerade dans av lust och begär, våra kroppar smälter samman i en rytm av extas. Varje stöt är en explosion av njutning, varje beröring en eld som brinner genom våra ådror. Jag känner mig uppslukad av honom, av den brinnande hunger som vi delar. Han pressar sig djupare in i mig, och jag kan känna varje centimeter av honom fylla mig helt. Vår gemensamma lust är som en flodvåg som slår mot stränderna av vårt förnuft, och vi låter oss drivas bort av dess kraft. Vi fortsätter att förlora oss i varandra, våra andetag förenas i en symfoni av lust och längtan. Varje ögonblick är en evighet av njutning, och jag svävar på moln av extas under hans kärleksfulla omfamning. Och när vi når klimax tillsammans, exploderar vi i en himmelsk förening av kropp och själ. Vi faller tillbaka ner på lakanen, utmattade men uppfyllda av den osannolika kärlek vi delar. Vi andades kraftigt och såg på varandra med en sådan kärlek, sådan lycka att det är vi två. Jag kröp in i hans varma famn. Vi låg där stilla och helt förlorade i varandra. "Luke",sa jag tyst, "ja", svarade han. "Jag älskar dig", "Jag älskar dig också", sa han tillbaka och vi somnade med ett stort leende. Det har hunnit och bli klockan sex på morgonen och vi måste gå upp för att ta oss till filminspelningen och ha morgonmöte med Mitchell och alla i produktionen. Luke tog en dusch och jag gick till mitt rum, jag tog en dusch och klädde på mig. Packade alla saker jag behövde för idag blir det en lång dag, jag hoppas att vi blir klara innan ett på natten i alla fall men allt beror på hur allt kommer att gå. Bilarna väntade utanför hotellet, jag, Luke, Hailey och Abby delade bil medan alla andra spred ut sig i de andra bilarna. Väl framme så gick jag, Luke, Abbey, Tristan, River och deras assistenter till morgonmötet. Vi hälsade på Mitchell och frågade hur hans vecka har varit och han frågade oss lika så. Tristan dum som han kan vara ibland berättade för Mitchell om mig och Luke. Han har känt oss i cirka två år då vi jobbat med honom innan. "Det var på tiden", skrattade han, det var bara en tidsfråga innan ni inser det" och alla skrattade, Luke såg bak på mig och log. "Okej, tillbaka till jobbet nu allihopa. Vi har mycket att göra för att få filmen klar, vi har cirka två till tre månader kvar att filma", sa Mitchell allvarligt. Alla satt och lyssnade på dagens plan och Mitchell vände sig till oss assistenter, och ni assistenter har några ärenden att utföra idag. Jess, du måste åka till en annan filmstudion på andra sidan stan och hämta lite rekvisita, och gav mig en lista, "okej, inga problem" svarade jag. Mitchell gav olika uppdrag till de andra och vi började gå ut för att utföra våra arbetsuppgifter. Jag hoppade in i en Uber, chauffören började köra mot min destination. Det var ganska mycket kö på motorvägen, för det hade hänt någon olycka i ena körfältet men snart så rörde sig trafiken snabbare. Jag tyckte att chauffören körde för snabbt, han körde i hundratrettio. "Kan du åka lite saktare?", frågade jag men han bara gasade på som att han inte hörde mig så jag knuffade lätt till honom. "Kan du sakta ner, snälla", upprepade jag med darrande röst, plötsligt sa det stopp i trafiken och vi flyger in i en annan bil i full fart. Jag slungas ut ur bilen. Jag ligger mot asfalten och kan inte röra mig, allt är som en dimma. Jag känner att folk står bredvid mig men jag får inte fram ett ljud fastän jag försöker. En kvinna sitter bredvid mig och håller min hand, "håll dig vaken, snälla håll dig vaken, ambulans är på väg", upprepar hon. Jag får tillslut fram "säg till Luke att jag älskar honom" sedan tappar jag medvetandet. Jag vaknar lätt till i ambulansen men tappar medvetandet flera gånger, på sjukhuset vaknar jag till igen och det enda jag får fram är Luke's namn. De kör mig direkt till ett rum för att undersöka mina skador och sedan till röntgen och sen in på operation.

5

En assistent springer in i mötesrummet, "slå på nyheterna nu", skriker han. Alla kollar på han förvånat men Mitchell gör som assistenten säger. Senaste nytt- En olycka har inträffat på motorvägen. En bil har kört in i en annan bil, fler skadade och tre döda. "Luke ring Jess nu", skriker Hailey, Luke?. Jag försöker ringa Jess men hon svarar inte, jag ringer och ringer när någon svarar tillslut. "Hallå, Hej, är det du som är Luke?", säger en kvinnoröst. "Ja, det är jag som är Luke", får jag fram." Jag är sköterska på Cedars-Sinai, det är bäst du kommer hit", säger hon. "Jag är på väg", sa jag och la på telefonen. "Förlåt men det är Jess, jag måste dit Mitchell", och så sprang jag ut ur rummet. Fan fan fan, måste bilen ta så lång tid och köra fram?, jag vankar fram och tillbaka. Bilen kör fram och jag sätter mig, plattan i mattan snälla jag måste till Cedars-Sinai nu. Chauffören kör så snabbt han kan men inte snabbt nog tycker jag. Äntligen framme, jag springer ut ur bilen och in i akutmottagningen. Snälla, kan

någon säga vart Jess är? säger jag högt, stressad som fan.

"Kom ska jag hjälpa dig", säger en sköterska, Vart är Jess?

Jessenia Walker, hon kom in hit från olyckan från

motorvägen", stressar jag. Hon försöker att lugna mig men

det går inte, jag vill veta vart min kvinna är. "Är det du som

är Luke?" frågar en läkare, " ja, det är jag som är Luke" svarar

jag. "Följ med mig" säger hon och jag går efter, "Vart är Jess?,

frågar jag igen, "sätt dig snälla" och hon pekar på en stol.

"Okej, men du får hålla dig lugn. Jess ligger i koma för att

hennes hjärna är svullen, det var hon som var i bilen med

chauffören som körde in i den andra bilen, hon hade tur.

Hon hittades fem meter ifrån bilen, hon slungades ut ur

bilen, hon har lite skrapsår men inget är brutet så ja, hon

hade tur. Men nu fokuserar vi på att trycket i hennes hjärna

ska släppa, hon ligger just nu på intensiven. Hon blev

opererad och allt gick bra", förklarade hon. "Får jag träffa

henne?" frågade jag tyst medan en tår föll ner för min kind.

"Det kan se lite läskigt ut då det är massa sladdar överallt, men det är normalt. Absolut, kan du få det”, svarade hon. Jag följde med läkaren till Jess men jag förberedde mig på vad som komma skall. Läkaren öppnar dörren till Jess's rum och drar fram en stol till mig. Jag sätter mig och tar hennes hand i min, “ta din tid” hör jag läkaren säga men det enda jag kan se är min Jess ligga här. Hur kunde detta hända?, Jag kan inte förlora dig Jess, säger jag högt. Jess, lämna mig inte snälla, du är mitt liv. Jag har nog suttit här i flera timmar när en sköterska kommer in och säger att jag måste gå men jag vägrar, jag måste vara här med dig, säger jag till henne. “ du kan tyvärr inte vara här nu då besökstiden är långt över” säger hon igen. Jag lyssnar till slut, motvilligt men går till väntrummet i fall att det skulle hända något. Jag ringde Tristan och gav honom all info om ditt tillstånd som han förde vidare. Timmarna går och jag tror att jag måste ha somnat då jag har en filt på mig, någon sköterska måste ha lagt den på mig. Jag gick tillbaka till ditt rum så fort de släppte in mig på avdelningen igen. Jag satte mig på stolen igen och håller din hand. “Jess, jag är här” viskar jag. Tänk att du har varit min assistent i tre år och jag har älskat dig i tre år. Första gången jag träffade dig på intervjun och jag anställde dig, redan då kände jag att du var speciell. Som mamma sa innan hon skulle sluta och jobba för mig, "ta hand om den här tjejen, jag tror att hon är precis det du behöver, Luke" så sa hon och hon hade rätt. Utan dig Jess har jag varit vilsen, att se dig varje dag och inte haft modet att säga vad jag känner för dig har varit en pina. Tills den där kvällen som jag samlade modet och knackade på ditt hotellrum och bara ville ha en ursäkt att få komma in och vara med dig. Jess, du anar inte hur glad jag var när du frågade mig om jag ville se film med dig den kvällen och att allt mellan oss hände, du öppnade mina ögon för en helt ny värld, en helt ny Luke. Hur ska jag kunna fortsätta leva om du inte finns?, jag delade mina tankar högt. Snälla, Jess vakna. Jag sitter vid din sida och spelar upp alla mina minnen med dig i mina tankar men mina tankar avbryts av en maskin som piper och en läkare och flera sköterskor springer in. "Nej nej nej, vad händer?",skriker jag i panik men får inget svar. De kör ut mig ur rummet och försöker

hitta vad som händer, de kör ut dig med ill fart ut ur

rummet till operationssalen. "Vad händer?", skriker jag,

"någon kommer snart och förklarar, låt dom jobba" säger en

sköterska och jag kan inte sluta gråta och skrika," Låt henne

inte dö" och jag faller ner på knä mot golvet och en vakt och

sköterska håller i mig. Det känns som att det gått flera

timmar och tillslut kommer en läkare, "Jess hjärta stannade

under operationen men vi lyckades få tillbaka henne och vi

hann precis stoppa blödningen och hennes hjärna börjar att

lägga sig och vi tror att hon blir helt återställd" säger läkaren

och jag kan inte hålla tårarna borta och jag kramar han. Efter

en stund kör dom in dig på rummet igen och denna gång så

får jag stanna i ditt rum. Jag håller din hand och låter tårarna

falla. "Lämna mig inte, Jess". En sköterska kommer in på

rummet och jag rycker till, "oj förlåt, det var inte meningen

att skrämma dig" säger hon, " jag tänkte att du kanske är

hungrig, här är en macka det är inte mycket men", säger hon.

Jag ser på henne och säger tack, " det är bra att du pratar

med henne, vissa säger att dom kan höra oss " tillade hon
med ett leende. "Tack", svarade jag åter. "Jess, kommer du
ihåg när Jeremy ropade på mig att mamma ville prata med
mig?" Hon gav mig hennes ring som hon fick från min
pappa, som han fick från sin mamma när han skulle fria till
min mamma" viskade jag. Den ringen ska bli din så fort du
blir bättre min älskling. Jag lutade mig mot sängkanten med
din hand i min och måste ha somnat för när jag vaknade var
det morgon ute såg jag genom fönstret. Jag satt där i den där
dumma stolen och tänkte på allt mellan oss. Varje film eller
serie jag spelat in eller varje gig med bandet har du varit där
med mig, Varje gång mellan tagningarna på
filminspelningarna har jag bara haft ögonen på dig och
önskat att du möter min blick. Eller den gången vi stod vid
snacks bordet och jag fixade till ditt hår för att en slinga hade
fallit ner för dina ögon och jag stoppade in den vid ditt öra,
ditt leende fick mig att bli så varm och jag ville så gärna kyssa
dig där och då. Redan då visste jag att jag älskar dig och vill
vara nära dig, jag hittade på ursäkter bara för att vara nära

dig. Samma när vi har haft spelningar med bandet på klubbarna så har jag kollat efter dig, i tre år, tre hela år, varför väntade jag i tre jävla år?. Jag borde ha sagt något innan. Dina ögon gör mig svaga och ditt leende är som en dröm. Varje gång du rör vid mig Jess är det som att lava strömmar i mina ådror, jag blir så varm av att vara nära dig. Du ger mig styrka och sexet med dig är det bästa som finns, något jag aldrig upplevt tidigare. Vi är som en vulkan som får utbrott och inget kan stoppa oss. När vi var på resan till Kanada hos min familj ville jag bara slita av dig kläderna varje minut. Jag kan inte förstå att du ligger här, men jag vet att du är stark och kommer kämpa att komma tillbaka till mig. Du behöver bara vakna och sen blir allt bra ska du se min älskade. Mina tankar avbryts, det är Mitchell som knackar på dörren. "Hur mår hon?", "Hon behöver vakna bara men dom vet inte när hon gör det", svarar jag med gråten i halsen. Mitchell kommer fram och ger mig en kram och jag bryter ner totalt. Han håller mig hårt, han är verkligen en bra filmproducent som förstår att saker kan hända. " Jag har flyttat fram allt för

din skull Luke, men vi kan inte flytta allt en lång tid okej?"
berättar Mitchell när jag lugnat mig. "Jag förstår, jag vill veta
vad läkarna säger först, om de ser någon prognos", svarade
jag. "Absolut, jag skulle nog göra likadant om det var min
fru, jag förstår precis", svarade han och gick. Jag satte mig
tillrätta på den jävla stolen och håller din hand, Plötsligt
känner jag att du rör på din hand, jag ropar in sköterskorna
och alla rusar in. En läkare lyser med en lampa i dina ögon
och du öppnar dem själv. Läkaren säger att du ska hålla dig
lugn, håll dig stilla, du är intuberad, vänta tills vi tar ut röret.
Jag kan inte sluta och fälla tårar, jag är så glad. Jag trodde att
jag skulle förlora dig. Läkare tar ut röret och det enda jag hör
dig viska är mitt namn, LUKE. Jag ler genom mina tårar och
stryker försiktigt ditt hår. "Ja, det är jag," svarar jag, min röst
fylld av känslor. "Jag är här. Du är här. Vi är här tillsammans
för alltid" och du fick fram ett svagt leende.

6

Plötsligt blev allt tyst och allt känns som i en dimma. Jag kan

höra allt men jag kan inte röra mig, kan inte säga något. Vad

hände egentligen med bilen? Jag vet att jag är på sjukhuset

men varför kan jag inte göra något? Allt känns förvirrande.

Det känns som att tiden stått stilla, jag hör Luke nu men jag

kan inte öppna ögonen, jag kan inte röra mig, är jag död?

Varför gråter Luke? Är det en läkare eller sköterska jag hör?

Måste vara en läkare Luke pratar med, är det så illa med mig?

Hörde jag precis koma? Men jag hör ju allt? Åh hans hand,

så mjuk. Fan Jess vakna nu så du kan vara med din Luke,

kom igen öppna ögonen, rör på dig något, kom igen

kroppen. Vad är det som piper så högt? Varför skriker Luke?.

Allt försvann, alla tankar, allt. Varför står jag i korridoren?

Varför gråter Luke? han får inte gråta, jag är ju här. Jag går

fram till Luke och försöker visa att jag är här men varför ser

han mig inte? Jag försöker hålla hans kinder men mina

händer passerar honom som en dimma. Jag letar mig tillbaka till operationssalen. Är det där jag? jag ser mig själv på operationsbordet, läkarna försöker få tillbaka mig. Jag lägger mig ner, det borde funka. Jag vill tillbaka till min Luke. Plötsligt hörde jag en röst,"Gå tillbaka, det är inte din tid nu", sedan blev allt svart. Sedan hör jag Luke's röst. Åh Luke min Luke, jag hör dig, jag är här. Hör jag Mitchell nu? måste vara han, åh nej Luke gråt inte jag är här. Åh din hand i min. Jess, nu får du fan ta och vakna, Luke behöver dig och du han. Så rör på dig, öppna ögonen nu, jag känner att min kropp börjar lyssna på mig. "Jess, håll dig lugn, håll dig stilla, du är intuberad, vänta tills vi tar ut röret", hör jag en läkare säga. Jag väntar tills dom tagit ut röret och det enda jag får fram är min Luke's namn. Han är det viktigaste i mitt liv, bara han kan få mig och känna mig levande. Läkarna gör olika tester och jag klarar alla gallant, ingen minnesförlust eller andra saker, jag är jag. Polisen förhörde mig och hur allt med olyckan gick till och Luke är vid min sida. Jag berättade allt jag visste och det visade sig senare att chauffören fick en stroke, han avled av sina skador i krocken. Polisen sa även att jag hade änglavakt. Jag var kvar i några dagar till på sjukhuset och Luke var vid min sida hela tiden. Fan vad jag älskar den mannen. Några dagar senare var vi tillbaka på inspelningen men jag fick inte göra något bara se på, och allt var på order av Luke och Mitchell. Dagen började nå sitt slut och Mitchell ville att alla skulle samlas runt mig. "Mina kära kollegor och vänner, vi var nära att förlora en av våra men hon sitter här med oss. Vår lilla Jess hade änglavakt, hon har lite helande kvar men hon är med oss här och vi ska inte ta något för givet. Vi är en familj och tar hand om våra egna, spelar ingen roll vilket jobb du utför, du är en av familjen", sa han till alla, alla hurrade, klappade händerna och kramade mig. Mitchell är en av få producenter i branschen som verkligen bryr sig om alla som jobbar, spelar ingen roll om det är en assistent, kameraman eller manusförfattare. Han behandlar alla lika. " Tack allihop, jag är glad att jag är här", tackade jag med tårarna i ögonen. Vi avslutade dagen och åkte tillbaka till hotellet. "Jess, går det bra?", frågade Luke när han hjälpte mig ut ur bilen. "Ja, älskling", svarade jag tillbaka. Vi gick upp till mitt rum, jag öppnade dörren till rummet och såg röda rosor i hela rummet. Jag vänder mig om mot Luke och frågar " har du gjort allt detta?". "Ja" får han fram och tar min hand och vi går in till rummet. Jag la ifrån mig alla saker på en stol, tog av mig skorna och drog på mig tofflorna, Luke lade sig på sängen. "Kom", sa han och jag gick fram till honom. Han kramar mig hårt med sina starka armar och jag känner mig så trygg. "Jag älskar dig Luke, glöm inte det" viskade jag. Vi la oss i sängen och såg på en film medan jag låg i hans famn, "Luke", "Ja?". "Jag måste berätta något för dig", "Vad då?", frågar han fundersamt. "På sjukhuset när min hjärta stannade, så lämnade jag min kropp. Jag tror att jag dog då, jag såg dig i korridoren, helt nedbruten. Jag försökte röra dig och få kontakt med dig men allt var bara en dimma. Sedan såg jag mig själv ligga där på operationsbordet, en röst sa till mig att gå tillbaka, det var en äldre dams röst som sa till mig att det inte var min tid ännu. Han såg på mig med stora ögon. Det enda jag ville var att vara med dig, bara dig älskling. Jag la mig på operationsbordet där min kropp låg och sedan blev allt svart.

Sedan vaknade jag upp när du tog min hand, jag kunde känna den. Jag hörde även allt du sa till mig men jag kunde inte röra mig tills du tog min hand igen. Med gråten i halsen och tårarna rinnande nedför min kind såg han på mig med sina gröna ögon och fällde tårar, han kramade mig hårt. " Jag kunde inte ens tänka Jess, du är mitt liv och utan dig vill jag inte vara. Det enda jag hade i tankarna var att du ska överleva och vara med mig" svarade han. Jag kramade honom hårt och gav honom en kyss "jag kommer aldrig lämna dig", sa jag . Vi såg klart filmen och vi måste ha somnat då vi vaknade av alarmet på morgonen och det var dags för en ny jobbdag. Samma rutin varje dag. Upp, dansklasser, läsa repliker, filma, intervjuer och sedan vidare till studion för inspelningar av låtar till filmen och sedan till hotellet för vila. Sådant schema hade Luke och de andra skådespelarna i flera veckor fram, absolut var det jobbigt vissa dagar men vi förlorade en massa tid när jag låg på sjukhuset efter olyckan. Men Mitchell var alltid snäll och han sa till mig att det inte var någon fara, att jag inte ska känna någon skull att vi blir klara lite senare än planerat. Men varje natt drömde jag om olyckan, allt spelade upp om och om igen, och varje gång vaknade jag skrikande men Luke var alltid där och höll om mig. Jag vet att det måste vara jobbigt för honom men jag kan inte hjälpa det.

Snart så var filmen färdig inspelad så då skulle vi ha två månader ledigt. Äntligen lite egentid, kanske jag och Luke kan åka någonstans? min familj var det ingen idé att åka till. Men kanske Luke's familj? eller Europa? eller vart som helst bara jag är med honom och har han vid min sida så blir allt bra. De sista veckorna flög förbi känns det som, filmen var nu klar och vi skulle bara vara. Jag och Luke packade ihop allt på våra rum, "vad vill du göra nu då?" frågade Luke. "Jag vet inte, vad tänkte du på?", "Ska vi åka upp till min familj? Men denna gång kan vi hyra ett Airbnb?", tillade han. "Låter som en jättebra idé älskling", svarade jag tillbaka, lycklig att få slippa allt i LA, att kanske kunna bearbeta all smärta från olyckan uppe i Kanada kan vara en bra sak. "Då bokar jag flyget nu då", log han men jag kunde se att han dolde något för han blev lite nervös. "Jess, det finns ett flyg idag, ska vi ta det?", ropade han från badrummet. "Det blir jättebra, men glöm inte att ringa din familj också", ropade jag tillbaka med ett fniss," vi överraskar dem, som sist", skrattar han. Jag bokade en bil som snart skulle komma och hämta upp oss, vi mötte de andra i lobbyn och sa hejdå. "Vart ska ni?", frågade Hailey. "Vi ska upp till Kanada till Luke's familj och bara vara", svarade jag tillbaka med ett leende. Vi kramade varandra hårt och sa hejdå, sedan gick jag och Luke till vår bil och åkte till flygplatsen. "Fan också", utbrister Luke, utanför flygplatsen står det massor med paparazzi, hur visste de att vi skulle vara här?. Bilen kör fram till ingången och det enda man hör är, Luke, Luke, Luke, titta hit, Jess,Jess här, här ropade de med sina kameror. Vi försöker skynda oss in så att vi slipper dem. "Någon måste ha tipsat dem, men vem?", frågar jag Luke, "Jag vet inte", svarar han oroat. Äntligen är det vår tur att borda planet. Luke bokade bara vanliga biljetter i ekonomiklassen men med tanken på alla paparazzis så uppgraderade flygbolaget oss till första klass så att vi fick lite privatliv, vilket var trevligt. Flyget tog som vanligt nästan tio timmar, och allt gick superbra. Jeremy väntade redan på oss utanför, vi hälsade på varandra och han hjälpte oss med bagaget. Sedan tog det de två timmarna mot deras hus, vårt Airbnb var inte klart ännu så vi skulle stanna några dagar hos Luke's Familj. Jeremy tutade när vi körde upp för uppfarten och Mrs Scott kom ut från huset. Hon blev verkligen överraskad att vi var där men hon var ändå glad. Hon sprang fram till min dörr och öppnade den och jag hann knappt kliva ur när hon kramade mig så hårt. "Jessenia, jag är så glad att du är här". "Tack, Mrs Scott" svarade jag med tårar som rann nerför min kind. Hon drog sin hand över min kind och torkade dem, "Så ja, Jessenia," sa hon och gick sedan över till Luke och kramade honom och log mot sin son.

7

Vi tog in vårt bagage och gick sedan in i köket. Vi satte oss vid matbordet och Mrs Scott ville veta allt som hände i LA, allt om olyckan och filminspelningen, ja, allt. Jag berättade allt som hade hänt den dagen från början till slut, utom några detaljer såklart, för jag ville inte att de skulle oroa sig mer. Och Luke berättade allt om filminspelningen och jag flikade in här och var. " Jag är så glad Jessenia att du mår bra nu, jag kan inte tänka mig hur det var då", svarade Mrs Scott med gråten i halsen. " Ja, det var nära ögat", tillade Luke tyst.

Jag försöker att byta samtalsämne då jag ser att Luke mår dåligt av att prata om olyckan. Han var ju så rädd att förlora mig, jag var också rädd att förlora honom. "Så har det hänt något nytt?", frågade jag, Jeremy berättade om hans nya jobb och Mrs Scott berättade om att de ska bygga en gäststuga på tomten. Det fångade Lukes intresse, "jag kanske kan hjälpa till nu när jag har lite tid innan vi måste tillbaka till LA för

PR?" frågade han med ett leende. " Absolut om du vill det", svarade Mrs Scott och log. "Mrs Scott?", log jag, "ja, Jessenia", log hon tillbaka. "Du kanske kan lära mig att laga några av Luke's favoriträtter?", frågade jag. "Absolut, Jessenia kan jag göra det", skrattade hon. " Vill ni följa med till karaokebaren idag?", frågade Jeremy. "Vad säger du Jess? de låter som en rolig ide", sa Luke och såg på mig. "ja det låter jättekul", log jag, "då säger vi så, jag kommer förbi vid sex tiden", svarade Jeremy och reste sig från bordet och gick ut till bilen. " Jag ska nog göra mig i ordning, är det okej", frågade jag. "Ja, absolut, du hittar till Sarah's rum?", svarade Mrs Scott. Jag tog mina väskor och gick upp till övervåningen och in på Sarah's rum, la ifrån mig sakerna på golvet och satte mig på hennes säng och bara bröt ihop. Jag försökte vara tyst men Mrs Scott måste ha anat att något inte stod rätt till, hon kom in och kramade mig. "Jessenia, så ja, det är ingen fara", sa hon med lugnande ton. "Förlåt, men jag tror att allt bara slog mig, förlåt", sa jag. "Det är ingen fara Jessenia, det är ett trauma", lugnade hon mig. "Allt som hände, det tog på Luke så mycket, han var vid min sida hela tiden, men jag vet att det bröt honom", förklarade jag, "Jessenia, han är stark, han älskar dig och du honom. Ni kommer ta er igenom detta ska du se", tillade hon. "Tack Mrs Scott, verkligen tack", jag kramade henne hårt. Luke knackade på dörren och öppnade den, "allt bra här inne?" frågade han. "Jo, då Luke, ingen fara här", svarade Mrs Scott. Han kom fram och kramade oss. Jag samlade ihop mig och Mrs Scott gick ner för att se till maten och Luke gick till sitt rum och gjorde sig i ordning. När jag var klar gick jag ner till köket och frågade om Mrs Scott ville ha hjälp men det ville hon inte. "Men då går jag en liten promenad vid sjön om det är okej", frågade jag. "Gör så, jag säger till Luke vart du är när han kommer ner", svarade Mrs Scott tillbaka. Jag gick ut och gick längst strandkanten och såg ut över vattnet. En vindpust smekte min kind och fick mitt hår och fladdra i vinden, fåglarna kvittrade. Jag vände mig om och där står han, min Luke, jag log mot honom och han log tillbaka med det där leendet som får mig att smälta. "Babe, vad tänker du på?", frågade han när han kom fram till mig och gav mig en kram. "Jag tänker på dig älskling, att jag är så lycklig", svarade jag. Luke höll mig i sina armar och vi såg ut över vattnet tillsammans. "Jessenia, Luke, maten är klar", hör vi Mrs Scott ropa från huset. "Vi kommer", ropade Luke tillbaka, han tog min hand och vi gick mot huset. Vi gick in och tvättade händerna och åt maten som Mrs Scott lagade. Klockan hann bli sex och Jeremy kom för att hämta oss, vi satte oss i bilen och körde mot klubben. När vi väl var framme satte vi oss vid ett bord och servitrisen kom fram och tog vår order."Jag tar gärna en mojito" sa jag och Luke beställde en öl medan Jeremy beställde en cola. Servitrisen hämtade våra drycker inom några minuter. Jeremy gick till baren och gjorde något och när han kom tillbaka så log han mot oss, "vad har du hittat på nu då?", frågade Luke, "nä inget, ni får se", svarade han och smuttade på sin cola. "Och till scenen välkomnar vi Jess och Luke", hörde personen på scenen säga i mikrofonen. "Du gjorde inte", sa Luke till Jeremy, "Självklart att jag gjorde", svarade han tillbaka. "Du

behöver inte om du inte vill", sa Luke och såg mig i ögonen,
jag tog ett djupt andetag. "Vi kör", svarade jag och log, Luke
såg på mig förvånat men tog min hand och vi gick emot
scenen. Vi fick var sin mikrofon och på skärmen framför oss
dök låten Rewrite the stars från The Greatest Showman.
Musiken började spela och vi tittade på varandra med ett
leende. Känslan av förväntan fyllde rummet när vi började
sjunga. Vi sjöng och skrattade tillsammans medan publiken
jublade och applåderade. För en stund glömde vi alla våra
bekymmer och bara njöt av ögonblicket tillsammans. Det
var som om vi hade hamnat mitt i en scen från vår egen
version av en musikal. När låten avslutades och ljuset
släcktes på scenen, möttes jag av Luke's varma leende. "Det
där var fantastiskt", sa han och kramade mig. Jag kunde inte
annat än att le tillbaka, känslan av lycka och eufori fyllde mig
till bristningsgränsen. Jeremy, som satt kvar vid vårt bord,
gav oss en high-five och log brett när vi kom tillbaka. "Ni var
asgrymma där uppe!" utbrast han. Vi tog några glas till utom
Jeremy då han skulle köra, sedan började vi röra oss mot

bilen. Dagen efter vaknade jag utvilad och det var första natten som jag inte skrek i sömnen. Luke satt i köket när jag kom ner på morgonen och som vanligt satt han där lika sexig som vanligt utan tröja. "Luke, ta på dig en tröja", skrattade jag. "Varför?", skrattade han tillbaka, "jo, för att det där är farligt", ler jag. Han ställde sig upp från bordet, ställde sig framför mig, tog min hand i sin och sedan la han den mot sitt bröst, såg på mig med sina gröna ögon fyllda med åtrå, jag drog ett djupt andetag och rös sedan kysste han mig mjukt. Hela min kropp fick gåshud. "Luke, Jessenia är ni i köket", ropade Mrs Scott, Luke harklade sig, " ja mamma vi är här" svarade Luke. "Luke, kan du komma och hjälpa mig bära in varorna från bilen", han svarade inte utan gick iväg och hjälpte sin mamma med en suck medan jag försökte att hämta andan. Alltså den killen får mig verkligen att bli galen, tänkte jag för mig själv. Sedan gick jag också ut för att hjälpa till och ta in varorna. "Sarah och Mr Scott kommer hem idag också", sa Mrs Scott när vi burit in allt in till köket. " Okej vad kul", svarade jag och log. "Luke, jag tänkte att du och

Jessenia kanske kan göra iordning veden till brasan så att den är klar tills ikväll", frågade Mrs Scott, "absolut mamma vi fixar det", svarade Luke, "vad bra, då börjar jag med maten nu och ni kan gå iväg och fixa med veden", sa Mrs Scott. Jag och Luke gick ner till stranden och började fixa med veden inför ikväll, han var så sexig när han bar de tunga stockarna, svetten rann nedför hans kropp som diamanter i solskenet vilket gjorde mig helt upphetsad. "Luke",sa jag. "Ja?", svarade han. "Vad sexig du är", jag bet mig själv i läppen. Han såg på mig, "här?", han visste precis vad jag menade, "ja här, jag kan inte vänta mer", svarade jag. Han torkade bort svetten med tröjan han hade med sig och tog min hand, "vi går in här",sa han. Vi gick in i det lilla huset som var som ett litet förråd. Jag tog av mig tröjan och BHn medan han kysste mig och han fortsatte vidare mot halsen medan han höll sina händer mot mina höfter. Han hjälpte mig av med byxorna och tog sedan av sig sina. Våra nakna kroppar sammanflätas till en och hans stötar är mjuka, men eskalerar med precision och han trycker sig djupare in i mig. Allt runt oss försvann och vi kan bara se varandra, varje smekning, varje stöt får

mig att vilja skrika hans namn. ” Luke”, viskar jag medan

hans händer smeker min kropp. Vi ser varandra i ögonen

och när vi nästan nått klimax och han ökar stötarna mer och

mer tills min kropp uppnår orgasmer till max och han får

hålla för min mun med ena handen så att ingen skulle höra

men det får mig bara att komma fler gånger och jag märkte

att mina stön fick han att komma samtidigt som mina

orgasmer ökar. Luke kysser mig så passionerat när vi var

klara och när vi fått på oss kläderna igen behövde vi inte säga

ett ord till varandra då vi visste precis vad vi kände för

varandra, en sådan kärlek som är så svår att förklara med ord.

När vi kom ut ur förrådet fortsatte vi att fixa inför brasan

medan vi inte kunde sluta att le mot varandra. När vi var

klara med det gick vi tillbaka till huset. Sarah och Mr Scott

hade precis kommit hem, vi hälsade på varandra och

kramades. Jag och Luke gick upp för att ta en dusch och

göra oss klara inför middagen. Vi satte oss vid

middagsbordet i matsalen och alla var på glatt humör. Luke

och Jeremy berättade om vår karaokekväll och alla satt och lyssnade ivrigt. "Jess, sjöng jättebra och alla hurrade", sa Jeremy. "Jess, förvånade mig totalt, då Jeremy skrev upp oss på listan utan att vi visste, men Jess sa bara att vi skulle köra på", log Luke. " Det var jättekul att göra något jag inte trodde att jag skulle våga, men efter olyckan så vill jag göra saker som utmanar mig mer", sa jag och log. Alla tyckte att det var en bra idé och att man inte ska ta livet för givet. Vi åt upp maten och jag och Sarah hjälpte till med disken i köket medan killarna gick ut och tände brasan. "Jess, hur mår du egentligen?", frågade Sarah, "Jag tar en dag i taget och försöker bearbeta allt, i LA så kunde jag inte det på samma sätt då det var massor med annat att tänka på. Men jag försöker och det är allt jag kan göra just nu men att vara här med er är verkligen underbart", svarade jag. "Jag förstår, jag finns här för dig och mamma också om det skulle vara något",sa Sarah. "Tack så mycket Sarah", sa jag och gav henne en lång kram. När vi var klara i köket gick vi ut och solen höll på att gå ner. Vi promenerade ner till stranden och satte oss vid brasan och såg ut över det stilla vattnet. Luke och Jeremy gick och hämtade sina gitarrer i huset medan vi satt kvar och pratade lite. Solens varma strålar började avta och mörkret smög sig på. Himlen var klar och månen lyste med sitt vackra sken och stjärnorna glittrade. Här satt vi och umgicks, sjöng, skrattade och berättade olika historier. Luke gav en blick till Jeremy och Sarah , och han började spela Ed Sheeran-Perfekt och Jeremy hängde på, Sarah filmade med sin mobil. Jag blev nervös för att alla såg på mig och log brett. Vad är det som håller på att hända? mina tankar rusar i trehundra och jag kan inte sluta att le. Jeremy fortsätter spela och Sarah fortsätter sjunga och filma medan Luke lägger ifrån sig gitarren och kommer fram till mig, han går ner på ett knä och tar min hand i sin medan han har en ringask i den andra handen. "Från den första dagen vi möttes för tre år sedan har mitt liv förändrats på sätt jag aldrig kunde föreställa mig. Varje ögonblick med dig har varit som en gåva från ovan, fylld med glädje, skratt och en känsla av fullkomlighet som bara du kan ge mig. Du är min trygghet i stormen, min stjärna på den mörkaste natten och min själsfrände. När jag tänker på vår framtid ser jag inget annat än ljus och kärlek. Jag vill vakna upp bredvid dig varje morgon och somna in i dina armar varje natt. Jag vill dela varje ögonblick av glädje och sorg med dig, bygga våra drömmar tillsammans och utforska världen hand i hand med dig. Vill du Jessenia Viktoria Walker göra mig den äran att bli min fru? Jess, vill du gifta dig med mig?". Alla väntade spänt på mitt svar. "JA!", utbrister jag med tårar fallande nerför mina kinder och han öppnar ringasken och sätter en vacker ring på mitt finger. Jag kramar och kysser honom. Sarah filmar fortfarande och alla är jätteglada för vår skull och kramar oss, de välkomnar mig in i familjen. Jag kan nog inte vara mer lycklig just nu. Jag såg att Mrs Scott och Mr Scott var stolta över sin son att han hittat sin livs kärlek. Jeremy tog fram champagne och glas och vi skålar för vår förlovning. Efter att vi hade firat vår förlovning med champagne och glädje, satte sig alla ner runt elden. Värmen från elden och känslan av samhörighet fyllde luften med en speciell magi. Jag kände mig så tacksam för all kärlek och stöd som omgav mig. Mrs. Scott kom fram till mig med tårfyllda ögon och omfamnade mig. "Jag är så lycklig för er båda", viskade hon. "Luke har alltid varit min älskade son, och nu ser jag att han har funnit sin själsfrände i dig, Jessenia." Mr. Scott klappade Luke på axeln med stolthet och log. "Du har valt en fantastisk kvinna, min son. Jag är stolt över er båda." Jeremy, med sitt leende som strålade av glädje, "du är som en syster för mig, Jess. Jag är så glad att se dig och Luke tillsammans. Ni är perfekta för varandra." Sarah kom och gav mig en kram. "Jag har aldrig sett min bror så lycklig. Tack för att du gör honom så glad." Sedan satt vi där, under stjärnorna och blandade känslor av kärlek, glädje och förväntan inför framtiden. Jag visste att vårt liv tillsammans skulle vara fyllt av äventyr och kärlek, och jag kunde inte vänta med att börja den nästa fasen av vårt liv tillsammans. Denna speciella kväll kommer alltid att finnas kvar i våra minnen.

8

Jag låg här i sängen och tankarna rusade, Jag kan inte förstå att jag är förlovad, att Luke friade ikväll var helt oväntat. Jag är så lycklig att jag kommer få spendera hela mitt liv med denna man. Han är bara så perfekt, hans familj är så perfekt, vad mer kan jag önska mig?. Att han sjöng en av mina favoritlåtar och friade till den kommer jag att bära med mig resten av mitt liv. Jag låg och vände på mig hela natten. Jag vaknade på morgonen och tog på mig kläder och gick ner till köket. Mrs Scott var redan uppe och drack sitt kaffe, "Godmorgon Mrs Scott", sa jag. "Godmorgon Jessenia",svarade hon tillbaka med ett leende. "Tack att ni finns för mig och att ni accepterar mig", sa jag, "det är klart vi gör, vi vet att du är lite äldre än Luke men det stör oss inte alls, ni är som gjorda för varandra. Och han är så lycklig med dig Jessenia, är han det så är vi det. Vad kan en förälder vilja mer än att se sitt barn lyckligt?", svarade Mrs Scott och reste sig upp från stolen och gav mig en kram. "Godmorgon mina vackra damer", sa Luke när han kom in till köket med ett leende. Han kom fram till mig och gav mig en puss på kinden, "hur mår min fästmö idag?, frågade han och log brett, "det är superbra, hur mår du min festman?", frågade jag och kunde inte sluta att le. "Ni är bara för söta barn", skrattade Mrs Scott. "Mamma sluta", skrattade Luke, "vad har ni för planer idag?", frågade Mrs Scott. "Vi ska åka till vårt hus och checka in, packa upp och så", svarade Luke. "Ska Jeremy köra er dit?", frågade Mrs Scott, "ja, precis sen ska jag se om jag kan hyra en bil som vi kan ha", log Luke. Min telefon ringer, "förlåt jag måste ta det här", ursäktade jag mig och gick ut. "Hallå?", svarade jag, "Jess, det är jag...","mamma?", sa jag. "Ja, Jess, det är mamma, vad är det jag ser på nätet?", frågade mamma, "va? Vad pratar du om mamma?, svarade jag oroat, "ja, att du är förlovad, det är över hela internet och min telefon ringer hela tiden",sa hon.

"Åh nej", svarade jag tillbaka, "du mamma, jag ringer dig sen", sa jag och la på. Jag sprang ner till stranden med tårarna rinnande, satte mig ner i sanden och bara grät. Mamma har inte haft någon kontakt med mig på fem år och nu ska hon ringa när det är något bra som hänt mig i mitt liv. "Jess, är du okej?", sa Luke försiktigt och satte sig framför mig. Han måste ha sett mig springa ner hit från fönstret i köket. "Vad hände?, berätta för mig älskling", sa han igen medan han kramade om mig. "Det var min mamma, hon fick reda på att vi är förlovade och hon ringer nu, nu efter fem år så ringer hon nu", svarade jag. Luke visste inte vad han skulle säga så han höll bara om mig tills jag lugnade mig. "Hur kunde hon veta att vi förlovat oss?", frågade jag, "Jag la upp videon från igår", svarade Luke, "jaha, det förklarar saken", svarade jag. Min telefon började ringa, "hallå?", svarade jag, "hej, det är Ryan från TMZ", jag la på telefonen. "Jahapp, pressen har snappat upp vår nyhet, hon sa det i telefonen", skrattade jag för att jag inte kom på något annat att göra. Luke skrattade också, "inte mycket man kan göra nu, men vi kommenterar inte något just nu", sa han. "Ja, precis", svarade jag och log.

Luke gav mig en mjuk kram och försäkrade mig att allt

kommer bli bra,"vi två mot världen", sa han och skrattade.
Vi gick tillbaka till huset och satte oss i musikrummet och
Luke föreslog att han ville lära mig spela gitarr, men det gick
inte så bra. Vi skrattade och hade det jättemysigt och Mrs
Scott kom in och kollade på vad vi höll på med då vi
skrattade så mycket. "Jaha, försöker du lära Jessenia att spela
gitarr?", log hon. "Ja, men det går inte så bra", skrattade jag.
" Ni kanske kan prova något annat instrument?", föreslog
Mrs Scott med ett leende. Luke fick mig på ett mycket bättre
humör. Jag ringde aldrig tillbaka till min mamma då jag inte
vill ha med henne och göra, så istället blockerade jag hennes
nummer. Jeremy kom och hämtade oss vid cirka
sexton-tiden och vi checkade in på vårt Airbnb, medan jag
fixade våra saker så åkte Luke och Jeremy för att hyra en bil
till oss och handla mat. Luke kom tillbaka till vårt Airbnb
efter cirka två timmar. Jag hjälpte ha att ta in maten och la in
den i kyl och frys, "har du handlat för en hel arme", skojade
jag. "Jag visste inte vad vi skulle vara sugna på så jag köpte allt
möjligt", skrattade Luke. Vi la oss i soffan och såg på tv och

Luke tog på nyheterna. Senaste nytt- Luke Scott förlovad med sin assistent. "Låt oss se vad de säger", sa Luke och höjde volymen på tvn. Helt plötsligt så dyker Hailey upp i bild och både mina och Luke's ögon spärrades upp. "DU SKOJAR!", skrek jag mot tvn, vad fan gör Hailey där och blir intervjuad?. Vi lyssnade på vad hon sa men som tur var så sa hon inget dom inte redan visste, att hon hade sett videon på Luke's Instagram och att hon var glad för vår skull. Jag greppade min telefon och ringde henne men hon svarade inte, "vad konstigt, hon svarar inte", sa jag till Luke. "Jess, skit i vad dom säger, kom och lägg dig här så ser vi på någon film istället", sa han med lite irriterad röst. Jag gick och la mig på soffan och vi scrollade på Netflix för att se någon film, och tillslut valde Luke en film. Vi såg klart på filmen och gick sedan för att göra oss i ordning inför natten. Luke stod i duschen och jag kunde inte låta bli att tjuvkika på honom när jag stod vid spegeln, han var så jävla sexig när vattnet rann nerför hans kropp. "Kom", sa han och vände sig om, "tror du inte jag vet att du spanar in mig eller?", skrattade han. Jag tog av mig morgonrocken som jag tagit på mig tidigare och gick in till honom, vattnet var varmt och skönt. "Ska jag göra din rygg?", frågade jag, han svarade inte utan gav mig tvättsvampen. Jag förde handen över hans blöta rygg och följde hans muskler, pussade honom emellanåt. Luke vände sig om mot mig, kysste mig medan han smekte min kropp med sina starka händer och lekte sig ner mellan mina ben och jag andas tungt. Vi hann knappt att skölja av oss innan vi hamnade i sängen och han tryckte in sin hårda lem i mig och jag kunde inget annat än att stöna av njutning, hans stötar var så intensiva att jag knappt kunde andas. Luke blev mer intensiv i stötarna och de blev snabbare och snabbare och hårdare och hårdare. Han drar mig lätt i håret och det får mig att stöna och njuta ännu mer. Han byter ställning på oss och jag hamnar på alla fyra och han för in sin lem i mig igen och håller sin hand om min hals och trycker lätt till. Jag vill ha mer, mer av denna sida av Luke. Han tar sedan bort handen från min hals så att jag får mer luft och drar mig lite hårdare i håret och det får mig att bli mer upphetsad. Han pressar sig djupare in i mig och jag kan inte låta bli att skrika hans namn och jag kommer i en sådan orgasm som jag aldrig haft tidigare. Han la sig bredvid mig i sängen och andades tungt, "jävlar vad jag älskar dig Jess, hur ska vi någonsin kunna få nog av varandra när vårt sex är som magi", sa han mellan andetagen. "Jag kan aldrig få nog av oss" svarade jag. När vi kunde andas normalt igen så gick vi tillbaka till duschen och duschade klart, sedan gick vi och la oss i sängen och somnade. Jag vaknade av att min telefon ringde, det var Hailey. "Hej, grattis till förlovningen", sa hon, "hej tack så mycket", svarade jag tillbaka, "det är helt galet här i LA, alla vill veta något om er förlovning", fortsatte hon. "Jaha, okej, men vi har valt att inte kommentera något just nu, vi kommer ta det när vi är tillbaka i LA igen", svarade jag tillbaka. "Okej, jag förstår, hur har ni det?", frågade hon."Vi har det jättebra och vi vill inte bli störda så jag hör av mig innan vi är tillbaka, okej", förklarade jag. "Okej, hälsa Luke så hörs vi", svarade Hailey och la på. Jag la mig ner i sängen igen och såg på Luke, han låg där så fridfullt och jag kunde inte hjälpa att bara se på honom. Han vaknade till efter en liten stund och log när han såg att jag låg bredvid honom. "Godmorgon älskling", sa han helt nyvaken, "Godmorgon min älskade fästman", svarade jag och log. Jag sträckte mig försiktigt över och kysste honom mjukt på läpparna. Han kramade om mig och drog mig närmare, och jag kände en värme sprida sig inom mig. "Sovit gott?",frågade han med ett leende medan han smekte min kind. Jag nickade och kramade om honom ännu hårdare. "Med dig bredvid mig kan jag inte annat än att sova bra", viskade jag tillbaka och mötte hans blick. Det fanns en stillhet och frid i hans ögon som fick mitt hjärta att slå snabbare. Vi låg där en stund i tystnad, bara njutandes av varandras närvaro. Det var som om tiden stod stilla och allt som betydde något var det vi hade just då, i den lilla bubblan av lycka och kärlek vi delade. Men så småningom bröt vardagen igenom, påminde oss om att det fanns saker att göra. Luke skulle hjälpa sin pappa och Jeremy och bygga gästhuset och jag skulle hitta på något med Mrs Scott. Vi gjorde oss iordning och Luke körde oss till hans föräldrars hus. Luke parkerade på uppfarten och vi klev ut ur bilen, Mrs Scott satt ute på verandan och drack sitt kaffe tillsammans med Mr Scott. "Godmorgon", hälsade vi samtidigt och Mrs Scott och Mr Scott hälsade tillbaka. "Hur ser planen ut idag Mrs Scott", frågade jag ivrigt, "jag tänkte att vi skulle åka in till stan och shoppa lite om det är okej", frågade hon och log. "Ja, absolut, låter som en bra idé", sa jag och log tillbaka. Mrs Scott gjorde sig iordning och jag satt ute på verandan och väntade på henne, Luke och Mr Scott väntade på att Jeremy skulle komma så att de kan börja med bygget.

9

Jag och Mrs Scott åkte in till stan, vi gick runt i olika affärer men jag märkte att hon kollade på klockan ganska ofta. "Vill inte låta oförskämd men vill du åka hem igen?", frågade jag försiktigt, "förlåt Jessenia, det är bara det att jag har bokat en tid åt oss, jag har det jättetrevligt med dig, förlåt om det inte har verkat som det. Jag har en överraskning till dig", svarade Mrs Scott och log. "Jaha, okej",svarade jag chockerande. "Kom så går vi dit", sa hon. Vi gick mot en brud butik," in hit ska vi", sa hon och öppnade dörren till butiken. Jag klev in och såg på henne med stora ögon. " Jag bokade en till åt dig, denna butik är den bästa i hela staden på brudklänningar", sa hon och kramade mig. Jag blev så rörd, jag var tvungen att sätta mig ner och torka tårarna som bara rann. "Jag vet att du inte har någon kontakt med din mamma men du är en av familjen nu och jag kommer bli din svärmor så jag tänkte..." jag avbröt henne och gav henne en lång kram. "Tack så mycket, jag uppskattar verkligen det här", sa jag. Jag var så glad att hon tänkte på mig, hon tänkte på mig som en i familjen och hur underbart är inte det?. Jag gick runt i butiken och kollade på alla vackra klänningar tills min blick fastnade på en klänning. Jag visade Mrs Scott den och hon bad mig att prova den. Den var precis allt man hade önskat sig, en vacker vit klänning med band som satt nedanför axlarna, klänningen var perfekt och det fanns en slöja till. Jag gick ut ur provrummet och visade klänningen för Mrs Scott, "åh Jessenia, den är perfekt och Luke skulle älska den", sa hon med tårarna i ögonen. "Jag tror att denna är The One", sa jag och log, "den får mig att känna mig som en brud", tillade jag. "Helt rätt, Jessenia, den är verkligen vacker på dig", sa Mrs Scott och log. Jag vände mig till butiksbiträdet, "jag tar den", sa jag och log. "Absolut, vi beställer den åt dig", sa butiksbiträdet och gick till sin dator. Hon kollade på sin dator, "det kommer ta ca tre veckor att göra klänningen om vi skickar in alla mått idag", sa hon igen. "Absolut inga problem", svarade jag tillbaka, hon kallade på sömmerskan som tog mina mått och hon knappade in dom inför beställningen. "Så hur vill du betala?", frågade hon, "kort", svarade jag. "Okej, det blir fyra tusen dollar", sa hon. Mrs Scott såg på mig och tyckte att det var lite dyrt. "Ingen fara Mrs Scott", sa jag och hon log, "Så länge jag ser bra ut för Luke så spelar priset ingen roll", tillade jag. Mrs Scott kom fram och gav mig en kram, "Luke älskar dig precis som du är Jessenia", sa hon. Jag betalade för den vackraste klänningen jag någonsin kommer att äga och vi gick vidare mot bilen. "Jessenia, detta kanske låter som en galen idé men vad säger du om att du och Luke gifter er medan ni är här?, ni han ha ceremonin vid sjön, så fort klänningen är klar så behöver ni inte vänta, ni kommer ändå att vara här i två månader och vi hinner planera allt", sa hon och såg på mig. " Vi får nog prata med Luke om det",svarade jag och log. Mina tankar rusade iväg, gifta sig om en månad, låter lite galet. Men varför vänta? Det kanske är en bra idé? Luke får bestämma för jag vågar inte. Jag och Mrs Scott körde upp på uppfarten mot deras hus och hon parkerade bilen. Vi klev ut och gick runt till baksidan för att se hur det gått för killarna med att bygga gäststugan. "Oj vad långt ni har kommit", sa Mrs Scott, "wow, vad duktiga ni är". Luke stod där helt svettig, utan tröja och hans muskler glänste i solen, han var så sexig. Han kom fram till mig och gav mig en puss, "gick allt bra idag älskling?", frågade han. "Ja då, allt gick jätte bra", svarade jag, "Jessenia har hittat sin bröllopsklänning också", tillade Mrs Scott och Luke's ögon spärrades upp. "Va?, redan?", hans röst lät lite spänd. "Luke, jag tänkte att ni kanske kan gifta er här när Jessenia's klänning blir klar om några veckor", sa Mrs Scott, Luke log, "om Jess vill det så varför inte", sa han och log. "Vad Jess vill så vill jag samma sak", tillade han och kramade mig, jag rös till. "Vänta tills vi kommer hem", viskade jag och log och han log tillbaka med det där leendet som får mig att smälta. Vi lät dem jobba, jag och Mrs Scott tog in hennes saker i huset som hon hade shoppat. Jag gjorde lite lemonad med is till killarna och gick ut med det till dem. Mrs Scott förberede maten, vi skulle grilla. Efter att jag lämnat lemonaden så gick jag in för att

skala potatis och göra en sallad. När allt var förberett så gick
Mrs Scott och tände på grillen medan jag bar ut resterande
av maten. När maten höll på att bli klar gick jag och ropade
på Luke, Jeremy och Mr Scott. "Maten är snart klar så ni kan
gå och tvätta av er", "tack", sa Mr Scott och killarna la ifrån
sig verktygen och gick in medan Luke stannade mig. "Jess,
du anar inte hur mycket jag älskar dig", sa han och kysste
mig passionerat sedan gick han och tvättade av sig. Jag
hämtade andan lite sedan gick jag till Mrs Scott och hjälpte
till med det sista innan vi skulle sätta oss till bords. Killarna
var nu klara och jag såg på Luke att han var stolt över mig,
"allt ser så gott ut" sa Luke och Jeremy och Mr Scott höll
med, "vänta tills ni har smakat på maten", sa Mrs Scott och
log. "Nå Luke, är du säker att ni ska gifta er om bara några
veckor?", frågade Mr Scott. Luke såg på mig, "om Jess vill
det så absolut vill jag det också", svarade Luke och tog min
hand i sin och såg mig djupt i ögonen. Jag rös till. " Nå ska vi
börja planera?", frågade Mrs Scott. Jag såg på Luke, "vi kör,
vad väntar vi på", sa jag och log. "Okej, då kör vi", svarade

Luke med det där leendet som får mig att smälta och gav mig en puss på kinden. Vi åt upp maten och bar in allt till köket,"Mrs Scott, jag fixar allt, gå och umgås lite med Mr Scott, Luke och Jeremy", sa jag och jag fixade med disken och la undan resterna i kylen och städade rent allt. Medan jag höll på i köket så började jag sjunga lite för mig själv till radion som var på, och jag tyckte det lät ganska okej, jag är ju inte någon sångerska precis men jag kan hålla en ton eller två. Luke måste ha hört mig för plötsligt så står han i dörröppningen med armarna i kors och kan inte sluta le. " Jag visste att du kan sjunga men inte så bra", sa han med stolthet, "Luke, skräms inte", sa jag och han skrattade och gick fram till mig och gav mig en kram och kyss. "Tänk att jag kommer att få spendera hela mitt liv med dig vid min sida", viskade han, "tänk att det är jag som får spendera mitt liv med dig Luke", svarade jag. "Jag är klar här, ska bara torka av lite, sen kommer jag ut till er, okej?", tillade jag. Han gick iväg och jag fixade det sista i köket och gick sedan ut till de andra. Vi hade en jättetrevlig kväll men nu var det dags för mig och Luke att åka till vårt hus och bara vara vi. Vi sa

hejdå till alla och satte oss i bilen, Luke körde till huset. När

vi kom fram så fixade jag lite snacks till oss medan Luke tog

en dusch. När han var klar kurade vi ihop oss i soffan och

myste framför en film. "Luke?", sa jag, "ja älskling", svarade

han. "Jag tänker inte bjuda någon från min familj så du vet",

sa jag, "vad hände egentligen mellan dig och din mamma,

älskling?", frågade han. "För fem år sedan när jag flyttade till

L.A. så sa min mamma att jag aldrig kommer att lyckas i mitt

liv, att jag är värdelös, att jag inte kan något, att jag bara är

ivägen för allt och alla", svarade jag. "Men jag har lyckats, jag

hittade drömjobbet som din assistent och du har alltid varit

nöjd med mitt arbete sen så hittade vi varandra och det är

allt som betyder för mig, jag behöver inte massa pengar för

att vara lycklig, jag behöver bara någon som älskar mig det är

allt, jag bryr mig inte om pengar eller framgång så länge jag

är lycklig och har ett tak över huvudet så mår jag bra

liksom", tillade jag. Luke såg på mig, "jag förstår, då ska VI

inte ha någon kontakt med sådana människor, det är inte

värt det. Och du har mig och min familj som finns för dig älskling, det är du och jag tills den dagen vi inte finns mer", sa han och kysste mig. Vi såg klart på filmen och vi var så trötta efter hela dagen att vi somnade på soffan. Vi vaknade av att Luke's telefon ringde. "Hallå?", svarar han, "hej, när kommer ni hem? det är helt galet här, all press ringer våra assistenter och frågar om er", sa River irriterat. "Vi är tillbaka lagom till PR", svarade Luke och la på. "Jess, det verkar som att allt är galet där borta, precis som Hailey sa till dig", tillade han och såg på mig. "Vi löser det när vi kommer tillbaka till LA, jag orkar inte ta det nu, vi ska njuta av vår tid och inte tänka på det som händer där", svarade jag. Luke log och drog mig mot sig och kramade mig medan han smekte mitt hår. "Det är nog tid att gå upp nu, vi har mycket att göra. Du ska hjälpa till med gäststugan och jag ska börja planera vårt bröllop med din mamma", sa jag efter en liten stund. Vi gick upp från soffan motvilligt och gick till badrummet för att göra oss iordning och drog på oss lite kläder.

10

Luke körde hem till hans föräldrar och han började med att bygga på gäststugan och jag åkte iväg med Mrs Scott och kollade på blommor. "Jag gillar de här rustika blommorna", sa jag och Mrs Scott höll med. "Ja, de är jättefina med eukalyptus bladen", svarade Mrs Scott, "de passar till temat", tillade hon. "Vi kommer ju att vara ute vid sjön så dessa blir perfekta och Luke kommer att gilla dem också", sa jag. "Ja, absolut", svarade Mrs Scott. Jag gick fram till floristen,"vi vill ha de rustika blommorna och jag vill ha en matchande brudbukett också", sa jag till henne och log. "Utmärkt val, när vill ni att vi levererar allt?", frågade hon. " Den 26 Juli, blir jättebra", svarade jag, "absolut inga problem", svarade hon och skrev ner allt."Har ni ljuslyktor också?, de mellanbruna där?", frågade jag. "Absolut", svarade floristen, "okej, dem också", sa jag. Floristen skrev ner alla mina önskemål med blommorna och lyktorna och jag betalade

halva summan nu och resterande betalar jag efter. Mrs Scott
såg stolt på mig och hon märkte att jag får saker gjorda
snabbt och att jag har god smak. "Jessenia, jag blir
imponerad, du vet precis vad du vill ha och hur du ska
utföra allt på ett professionellt sätt, bra jobbat", sa hon och
log. "Tack Mrs Scott", svarade jag och gav henne en kram.
Nästa ställe vi skulle till var till en bröllopsplanerare och
skulle hjälpa oss och välja stolar och dukar och allt annat
man behövde såsom tallrikar, ja en hel del. Efter mötet med
bröllopsplaneraren så gick vi vidare för att kolla på
inbjudningskorten. Jag och Mrs Scott valde vita
inbjudningskort med guld text och gröna detaljer så att de
skulle passa det rustika temat. Efter allt var klart och jag
betalat så begav vi oss hem igen. Vi satte oss i bilen och Mrs
Scott och jag hade en jätte trevlig bilresa hem. Vi skojade
massor och hon berättade massa med historier om när Luke
var liten. Vi var nu framme och hon körde upp på
uppfarten. Vi klev ut ur bilen och gick till baksidan för att se
hur långt killarna har kommit med gäststugan. "Oj, ni är ju

snart klara", sa Mrs Scott, "wow ni har bara få saker kvar att göra", tillade jag. Luke la ifrån sig sina verktyg och kom fram till mig och gav mig en puss, "gick det bra idag?", frågade han, "Ja allt är klart nu och vi ska hämta inbjudningskorten på måndag så att vi kan skicka iväg dem", svarade jag. Luke såg stolt på mig. "Du skulle ha sett Jessenia arbeta, hon fixade allt på mindre än tre timmar, inte sett någon fixa ett helt bröllop så snabbt", sa Mrs Scott stolt.

"Min kvinna kan sin sak mamma", skrattade Luke och kramade mig hårt. "Men jag kunde inte ha gjort det utan allas hjälp och stöd.", svarade jag. Mrs Scott log varmt och klappade mig på axeln. "Ni två är ett riktigt drömpar. Jag är så glad att Luke har hittat någon så underbar som dig." Jag kände mig lite generad av hennes ord men också väldigt tacksam. Jag och Mrs Scott gick in i huset och fixade lite mat och lät killarna jobba på med det sista för dagen. Medan vi fixade maten, pratade vi om allt möjligt, från vardagliga ämnen till djupare tankar och drömmar. När maten var klar och dukad gick jag och ropade in killarna, vi satte oss ner vid köksbordet och väntade på att killarna skulle komma. Medan vi väntade lät vi samtalet flyta fritt och skratten ekade genom köket. Till slut hörde vi ljudet av fotsteg som närmade sig och Luke, Jeremy och Mr Scott kom in i köket, trötta men nöjda efter dagens arbete. Jag kände mig så tacksam över att få vara en del av deras gemenskap och att få lära känna Luke och hans familj på det här sättet. Det var något speciellt med den här dagen som jag visste skulle bära mig genom många år framöver. Jag var glad att jag får vara en del av deras familj. Vi åt av den fantastiska maten och när vi var klara bar jag och Luke in allt i köket. Luke hoppade upp på köksön och satt där och skojade med mig medan jag fixade med all disk och la in resterna i kylen. När jag var klar med allt så sa vi hejdå till Mr och Mrs Scott och till Jeremy. Vi satte oss i bilen och körde mot vårt hus och Luke tog en lång dusch medan jag fixade lite snacks till oss och när han var klar så var det min tur att ta en dusch. Jag hörde att Luke kollade på nyheterna och de bara handlade om oss, han satt och skrattade åt vad de sa. "Jess, hörde du vad de säger om oss på nyheterna", ropar han från soffan, "Ja", skrattar jag, "dom tror att vi gömmer oss", tillade jag. När jag var klar gick jag ut till Luke och satte mig på soffan klädd i endast morgonrock, han kramade om mig hårt. "Fan vad jag älskar dig, min vackra fästmö", viskade han. Jag satte mig över honom i soffan och kysste han, sedan vidare mot halsen medan jag drog min hand genom hans hår, han rös till. Jag kände hur hård han blev och jag fortsatte och kyssa hans mjuka läppar. Han slet upp morgonrocken och kysste mig på halsen medan han smekte mina lår, jag kände hela min kropp bli till eld. Hans beröring fick mig kropp att flamma upp av njutning och han flyttade på mig så att han kunde ta av sina kalsonger. När dom var av satte jag mig över honom och pressade in hans lem i mig, jag fick fram ett njutande stön. Jag red han mjukt medan han smekte min kropp och efter en stund ökade jag takten och andades tyngre, jag rös av njutningen. Luke kysste mina bröst och sedan vidare till min hals med full sensuell åtrå. Jag ökade takten mer och kände att jag höll på att komma i en orgasm," Sluta inte", viskade han, jag ökade takten mer och mer och pressade honom djupare in i mig. Hans händer flödade på min kropp, mjuka som fjädrar. Jag ville inte att den känslan skulle ta slut. Luke vände på oss och jag låg nu på soffan medan han pressade in sig djupare och djupare in i mig och jag uppnådde ett eufori av orgasmer. Jag andades tungt och fick knappt fram något ord medan han höll om mig och kysste mig. När jag kunde andas normalt igen så satte jag mig bredvid Luke medan han höll om mig i sin varma famn. " Jess, Jag kan inte förstå att du har kunnat fixa allt inför bröllopet på bara någon timme, hur gör du det?", frågade han med ett leende. "Jag har mina knep, jag kan avsluta deals utan problem, det är lite av en superkraft jag har. Hur tror du att jag kan fixa alla saker åt dig? alla de bästa auditions och deals", svarade jag och log.

"Du är verkligen min superkvinna, du borde bli min manager", sa han och gav mig en kyss. "Ja, det kanske jag borde bli då jag har bättre koll än vad han har", sa jag mellan kyssarna, Luke skrattade. Vi kollade på tv en stund och gick sedan och la oss. När vi vaknade på morgonen gjorde vi oss i ordning och åkte till hans föräldrar och han fortsatte att hjälpa till med det sista på gäststugan medan jag och Mrs Scott åkte och provade min bröllopsklänning och se om vi behövde ändra något. "Åh Jessenia, den är lika perfekt som sist, den är så vacker på dig", log Mrs Scott. "Tack så mycket Mrs Scott", svarade jag tillbaka. Det var bara några ändringar de behövde göra, fixa till armarna och ta in tyget lite på vissa ställen, sedan skulle den bli perfekt. Efter att jag och Mrs Scott var klara hos sömmerskan så åkte vi tillbaka till huset. Nu stod gäststuga klar och killarna satt utanför huset och tog en öl. "Hej på er, har allt gått bra?", frågade Mrs Scott, "ja, absolut vi är klara nu", svarade Mr Scott. Jag satte mig bredvid Luke och han kramade mig. "Hej älskling, gick allt bra?", frågade han och gav mig en puss på kinden. "Ja, allt gick jättebra och jag fick ett sms från tryckeriet och våra inbjudningskort är klara så vi kan hämta dem imorgon", log jag. "Perfekt, då åker jag imorgon och hämtar upp dem och du och mamma kan kolla vilka vi ska bjuda och deras adresser och allt sådant", skrattade han. "Absolut", sa jag och gav honom en puss. När killarna var klara med sin öl så körde Mrs Scott hem oss till vårt hus då Luke hade druckit öl. Vi visade Mrs Scott runt i huset och hon tyckte att det var ett fint hus, sedan åkte hon iväg hem. Jag ställde mig och lagade lite mat till mig och Luke. "Vad blir det för mat?, frågade Luke från soffan, "det blir kycklingfilè i ugn med potatis och sallad", svarade jag från köket. "Mums", svarade Luke medan han kollade på tv. När maten var klar la jag upp maten på våra tallrikar och ropade på Luke att maten var klar. Vi satte oss vid matbordet och började äta, "oj detta var supergott, du kan verkligen laga mat", sa Luke och gav mig en puss. "Tack så mycket", log jag tillbaka, "min kvinna kan verkligen laga mat", tillade han och åt med upp sin mat. När vi hade ätit klart diskade jag allt och la resterna i kylen. Vi satte oss vid tvn och såg på en film som Luke var med i. "Vad tycker du om att jag frågar Sarah om hon vill vara min brudtärna tillsammans med Hailey?, frågade jag Luke, "det låter som en jättebra idé", svarade Luke och gav mig en puss. Jag gick till sovrummet och ringde Hailey. "Hej Hailey, jag tänkte fråga om du vill bli min brudtärna", frågade jag. Hailey skrek av lycka i telefonen, "självklart vill jag vara din brudtärna, när ska jag komma ut till er", frågade hon, "den tjugosjätte juli gifter vi oss så kom veckan innan, kanske den nittonde att du är här", sa jag och vi pratade en liten stund till sedan la jag på och gick tillbaka till Luke som hade somnat på soffan. Jag la en filt över honom och la mig sedan på andra sidan av soffan och somnade också då jag har så svårt att sova utan honom i närheten. Nästa morgon ringde jag till Sarah och frågade om hon ville bli min brudtärna och hon blev överlycklig. "Självklart, du kommer ju bli min syster, tack för att du frågade mig. Förlåt måste gå nu, min lektion börjar nu", svarade hon, "absolut, ha en fin dag så ses vi till helgen", sa jag och la på. Luke sov fortfarande och jag började att göra iordning lite frukost till oss. Jag la fram lite bär och andra frukter och gjorde kaffe och ställde fram lite juice. "Är det kaffe jag känner", säger min trötta Luke från soffan, jag svarar med ett skratt "ja, det är kaffe älskling, kom nu så äter vi". Luke kom upp ur soffan och satte sig vid matbordet som jag hade dukat upp och han tog för sig av frukosten medan jag smuttade på mitt kaffe. "Vad vill du göra idag förutom att hämta korten inne i stan?", frågade jag. "Jag vet inte men vi kanske kan fixa med korten först och skicka iväg dem och sedan kan vi hitta på något roligt", svarade Luke mellan tuggorna. "Låter bra, och glöm inte att imorgon ska du åka med din pappa och Jeremy och kolla på kostymer till er", svarade jag. "Ja juste, det får jag inte glömma", skrattade han. Vi åt klart frukosten och Luke plockade undan medan jag gjorde mig i ordning. När vi var klara med allt i huset så gick vi till bilen och körde in till stan för att hämta korten och sedan åkte vi hem till Luke's föräldrar och fixade med alla adresser och kuvert så att vi kunde posta dem så fort som möjligt. "Luke, vad säger du om att vi åker lipline?" Jag såg en annons om det", frågade jag medan vi fixade i ordning inbjudningarna. "Låter roligt, såg du vart det var någonstans?", svarade han tillbaka, "ja, här är adressen", visade jag honom på min telefon. "Jag vet precis vart det är, låter kul, vi åker dit och Jeremy kanske vill följa med". Luke ringde Jeremy och frågade om han ville följa med och det ville han så vi skulle möta honom där om cirka en halv timme. Vi fixade klart det sista och satte oss i bilen, "Jess, kommer du våga att åka zipline? det är jättehögt upp så du vet", sa Luke i bilen, "ja då, ingen fara, jag kommer våga, man måste pröva nya saker ibland", svarade jag och skrattade. Vi var nu framme vid zipline stället och vi mötte Jeremy. Vi gick en promenad uppför berget och jag måste erkänna att jag var lite nervös. Luke tog min hand medan vi promenerade, han stannade upp en stund. "Jess, är du säker", frågade han lite nervöst, "ja, jag är säker men om du inte vill så kan jag göra det bara", svarade jag och såg in i hans underbara gröna ögon. "Vi gör det tillsammans", log han och kysste mig. Vi gick längre upp för berget och mötte personalen som jobbade där. Vi fick en liten genomgång och sedan tog vi på oss selar så att vi skulle vara fastspända på ett säkert sätt. Jag var först ut, personalen spände fast mig och sedan tog jag ett djupt andetag och swish så tog de bort säkringen och jag flög iväg. Jävlar vilken känsla, vilken fart, hela jag skakade av adrenalinet som pumpade i min kropp. Sedan var det Luke's tur och när han var framme vid mig så kunde han knappt andas från ruset av adrenalinet. "jävlar Jess, det där var super kul", sa han när adrenalinet började släppa lite. Jeremy skrek som en liten flicka och både jag och Luke kunde inte hålla oss från att skratta, "det där gör jag aldrig om igen", sa han när han var framme vid oss och vi kunde inget annat än att skratta för vi tyckte det var superkul. När vi var klara hoppade vi in i bilarna och åkte och åt lite middag tillsammans. "Jeremy, vill du bli min bestman på bröllopet?, frågade Luke. "Självklart, vill jag det, du är min lillebror och jag finns alltid där för dig. Tack , jag är självklart din bestman", svarade Jeremy och gav Luke en stor kram. vi hade det trevligt under middagen och när vi var klara åkte Jeremy hem och vi åkte till vårt hus, Luke skulle ringa River och Tristan och fråga de om dom vill vara hans groomsmen. Så fort vi kom in till huset så ringde Luke till River och Tristan, "Hej grabbar, jag och Jess gifter oss den tjugosjätte juli, och jag tänkte fråga om ni vill vara mina groomsmen". "Självklart vill vi det, när ska vi komma ut till er?, frågade båda ivrigt. "Hailey kommer ut den nittonde så ni kan ju boka flyget med henne så kan ni komma samtidigt", svarade Luke, "absolut, vi ringer henne lite senare och planerar, ses den nittonde och hälsa Jess så mycket", sa dom och la på. Luke kom upp bakom mig i köket och kramade om mig, kysste mig på halsen och hans händer flödade fritt på min kropp. Jag slutade med det jag gjorde och vände mig om mot honom. Jag såg djup in i hans ögon och han höll min hand i sin som han tryckte mot sitt bröst, "Jess", viskade han. "Ja?", frågade jag, "jag älskar dig så mycket och jag kommer att säga det till dig tills mitt sista andetag, min älskade Jess", sa han med ögonen fulla av åtrå. Jag kysste han medan han drog av mig tröjan, vi kysstes hela vägen in till sovrummet medan kläderna flög omkring oss. Vi la oss i sängen och vi behövde inget förspel alls då båda var så upphetsade, Han tröck in sin lem i mig och hans stötar var långsamma men ökade snabbt farten och stötarna blev mer intensiva. Jag bad honom att byta plats med mig och han lydde, Jag satte mig över honom och förde hans lem i mig igen medan han halvsatt i sängen med ryggen mot huvudgaveln och jag red honom. Jag tryckte in honom så långt in det bara gick och vi båda njöt. Jag höll på att komma när han vände på oss och fortsatte att stöta djupare in i mig så snabbt att jag knappt kunde andas, hans kropp mot min är en så underbar känsla. Att få vara så nära honom där våra kroppar blir till ett är som en eld som man inte kan släcka. Varje beröring får mig att rysa och hans kyssar får mig att smälta. Luke ökar takten och stötarna blir så hårda att jag kommer i en vild orgasm. "Bara jag ser på dig Jess så vill jag bara knulla dig varje minut, varje sekund, hur ska vi någonsin sluta att ha denna åtrå för varandra", sa Luke medan han hämtade andan. "Jag vet inte älskling, jag känner exakt samma sak som du", svarade jag medan jag kysste honom på bröstet där jag låg i hans famn.

11

Det var bara två dagar kvar tills bröllopet och alla hade samlats här. Hailey, Tristan och River hade anlänt förra veckan för att hjälpa till med de sista förberedelserna. Idag var det dags för genrep vid sjön, utanför Lukes föräldrars hem. Allt flöt på smidigt och bröllopsplaneraren och hennes team hade gjort ett fantastiskt jobb och stämningen var hög med champagne som flödade fritt. Tillsammans valde vi en idyllisk plats vid sjön och ordnade upp oss för att gå igenom allt från gångordning till musikval. Luke och jag stod bredvid prästen och övade våra steg. Genrepets gång var precis enligt plan och när vi var klara, njöt vi av en gemensam middag med alla närvarande och hade en härlig kväll. Våra vänner höll tal och delade roliga historier om både mig och Luke. Mrs. Scott och Mr. Scott bidrog med anekdoter och välkomnade mig in i familjen med öppna

armar. Sedan klingade jag i glaset och ställde mig upp för att
hålla ett tal.

Kära vänner, familj och min älskade Luke,

Jag vill ta ett ögonblick att tacka er alla för att ni är här ikväll
och för att ni gör denna genrepsmiddag så speciell. Det
betyder mycket för oss att ni har tagit er tid att komma och
fira med oss. Först och främst vill jag tacka dig Luke. Din
kärlek, ditt stöd och din styrka har varit ovärderliga under
denna resa. Jag ser fram emot att spendera resten av våra liv
tillsammans och skapa många fler minnen som vi kan dela
med alla våra kära här ikväll. Till våra kära gäster – era
vänliga ord, era varma leenden och er närvaro gör denna
kväll oförglömlig. Vi är djupt tacksamma för ert stöd och er
kärlek. Tack för att ni har hjälpt oss att förbereda oss för vår
stora dag och för att ni står vid vår sida. Låt oss nu njuta av
kvällen tillsammans, med god mat, dryck och härligt
sällskap. Skål för en underbar framtid tillsammans och för

alla de stunder av lycka och kärlek som vi kommer att dela.
Tack så mycket!

Efter middagen fortsatte vi att njuta av den varma kvällen vid sjön. Elden sprakade och skratten ekade när vi delade fler minnen och skämtade med varandra. Det var en känsla av förväntan och glädje som fyllde luften inför den stundande stora dagen. Medan solen sakta sjönk ner bakom träden, kände jag en lugnande känsla av att vara omgiven av nära vänner och familj. Det var som om alla bekymmer och nervositet inför bröllopet försvann för en stund och istället ersattes av kärlek och gemenskap. När kvällen närmade sig sitt slut, kände jag en pirrande känsla av spänning inför det som väntade oss. Jag kunde inte vänta med att dela resten av mitt liv med Luke och att börja denna nya fas av vårt liv tillsammans med de människor vi älskade. När vi till sist drog oss tillbaka för natten, kände jag en överväldigande tacksamhet för de människor som delade denna speciella tid med oss. Deras närvaro fyllde mig med en känsla av djup glädje och trygghet inför det steg vi snart skulle ta. Med ett leende på läpparna och kärlek i hjärtat somnade jag bredvid

Luke, redo att möta morgondagens äventyr och det vackra

löfte vi snart skulle avge till varandra inför dem vi älskade

mest. På morgonen vaknade jag med en känsla av förväntan

som pirrade i hela kroppen. Solen strålade in genom fönstret

och fyllde rummet med ett varmt, gyllene ljus. Det var dagen

innan våra liv skulle för evigt förändras, då vi skulle lova

varandra att vara tillsammans i både glädje och sorg, i hälsa

och sjukdom. Efter en lugn och hjärtlig frukost med nära

och kära började vi förbereda oss för den stora dagen. Det

var en känsla av nervositet i luften, men också en bubblande

glädje som inte kunde dämpas. Varje detalj har noggrant

planerats, men ändå kändes det som om tiden rusade framåt

i en hisnande fart. Vi åkte in till stan med alla på

eftermiddagen och gjorde lite aktiviteter. Escape room och

laserdome var inplanerade. Alla hade det jätteroligt för det

var något som vi inte annars skulle göra på grund av våra

scheman i LA. Det känns som att tiden flög iväg och innan

vi visste ordet av det så var vi tvungna att åka tillbaka till huset för att sova. På vägen tillbaka till huset, med skratten från dagens äventyr fortfarande ekande i våra sinnen, kunde jag inte låta bli att känna en pirrande spänning inför det som väntade oss nästa dag. Mina tankar kunde inte vara mer glada över att jag kommer få spendera resten av mitt liv med den jag älskar. När vi vaknade nästa morgon låg Luke bredvid mig i sängen och såg mig i ögonen, "dagen är här nu älskling, oroa dig inte allt kommer att gå bra, håll bara ögonen på mig och glöm allt runt omkring", sa han och strök bort en slinga av mitt hår från mitt ansikte och kysste mig. "Jag älskar dig så mycket Luke", svarade jag och kramade honom. Vi klev upp och gjorde oss i ordning, Luke åkte före mig till hans föräldrars hus och jag och Hailey blev hämtade av Sarah. Jag satt nervöst i bilen och kunde knappt sitta still. "Jess, lugna dig", sa Hailey, "Jag är bara så nervös Hailey och jag har glömt en sak", svarade jag. Sarah och Hailey kollade på mig, "va?, vad glömde du?", frågade Sarah, "jo, jag har ingen som kan följa mig ner för altargången, tror du att Mr Scott skulle kunna göra det?", frågade jag Sarah.

"Ja, det skulle nog vara en ära för pappa", svarade Sarah och
log. "Okej, då frågar jag honom så fort vi är framme", log jag
tillbaka. Vi var nu framme vid huset och Sarah parkerade
bilen och vi klev ut och gick upp till hennes rum. "Mr Scott,
är du här uppe?", ropade jag från Sarah's rum. Han kom
rusande in, "Har det hänt något",sa han nervöst och vi
skrattade. "Nej då, men jag ville fråga dig en sak, du skulle
inte vilja följa mig ner för altargången?", frågade jag och log.
Han log och gick fram till mig och omfamnade mig i en
kram, "självklart kan jag göra det Jess, du är som en dotter
till mig, det vore en ära",sa han och blev tårögd. "Tack så
mycket Mr Scott", log jag med tårarna i ögonen och
kramade honom hårt. Han gick iväg och skulle kolla till
killarna och vi fixade mitt smink och jag tog på mig min
klänning och Mrs Scott hjälpte mig med min brudslöja. "Du
är så vacker Jessenia, jag är så stolt över dig och Luke",sa hon
och pussade min kind, "tack så mycket", sa jag och kramade
henne. Det var nu tid att gå ner. När jag stod där, redo att gå
nerför altargången för att möta min blivande make Luke,

kände jag en överväldigande kärlek och tacksamhet för allt som hade lett oss hit. Jag visste att oavsett vad framtiden hade att erbjuda, skulle vi alltid ha varandra och den kärlek vi delade. Jag tog ett djupt andetag, musiken började spela och Mr Scott krokade arm med mig för att gå ner för altargången med mig. Med ett leende på läpparna gick jag mot framtiden, redo att börja vårt livs mest magiska kapitel tillsammans med Luke och våra älskade vänner och familj. När jag kom ner till slutet av altargången mötte jag Lukes ögon fyllda med tårar och Jeremy gav honom en näsduk. Han såg så stolt, lycklig och kärleksfull ut. Det kändes som alla runt omkring försvann och vi stod där ensamma omgivna av kärlek, det var bara vi två i den stunden. Med varje steg närmare honom växte min glädje och mitt lugn. När vi stod framför prästen och började våra löften visste jag att det här var början på något oändligt vackert.

Kära Lukas Charles Scott, min Luke,

I dag, i vårt egna lilla komedidrama som kallas livet, står jag inför dig redo att lova dig en resa fylld med fler twistar och cliffhangers än den bästa Hollywood-filmen. Som din eviga partner lovar jag att vara din komiska motspelare och din romantiska huvudroll, redo att dansa genom livets galna manus med dig. Jag lovar att älska dig även när du tror att du kan laga mat bättre än Gordon Ramsay. Jag lovar att vara din största supporter och din mest trogna åskådare, redo att ge dig stående ovationer för dina små segrar och klappa dig på axeln när du äntligen lär dig att vika tvätten rätt. Jag lovar att vara din medresenär på denna berg-och-dalbana som kallas livet, redo att hålla din hand när vi når topparna och kramar om dig när vi möter motgångar. Jag lovar att vara din partner in crime, redo att planera våra tokiga äventyr och skapa minnen som är värda att skriva en bästsäljande memoar om. Så här, omgivna av våra vänner och familj, lovar jag att älska dig med hela mitt hjärta och skratta med dig genom livets alla komiska missöden. Tills döden skiljer oss åt, eller tills vi inte längre kan bestämma oss för vilken pizza vi ska beställa. För i vårt äktenskap finns det alltid plats för kärlek, skratt och obegränsat med äventyr och en strålande framtid som väntar oss. Läste jag för Luke med tårarna i ögonen, sedan var det hans tur.

Jessenia Viktoria Walker

På denna magiska dag, när våra själar smälter samman till en, lovar jag att vara din följeslagare i alla äventyr, både vilda och stillsamma. Jag lovar att krydda våra dagar med passionens hetta och våra nätter med lustens dans, så att varje ögonblick tillsammans blir en symfoni av njutning och glädje. Jag lovar att vara din oas i öknen, din fristad i stormen och din fruktan när natten kryper nära. Jag ska vara den som du vänder dig till i både ljus och mörker, för jag är din och du är min, i detta liv och i alla liv som följer. Jag lovar att väcka dina sinnen med min beröring och att smeka din själ med mina ord, så att du alltid känner dig älskad, uppskattad och önskad. Tillsammans ska vi bygga ett hem fyllt av skratt och ömhet, där kärleken blomstrar som rosor i vår trädgård och lusten brinner som eld i vårt hjärta. Med denna ring och dessa löften, tar jag dig som min äkta hälft, att älska och att älskas, att utforska och att omfamna, så länge vi båda andas.

läste Luke medans han fällde tårar, och då brast det för mig och vi stod där båda två med näsdukarna i handen och torkade tårarna.Efter ceremonin så strömmade gästerna ut i den vackra trädgården där långbord var täckta med vita dukar och fyllda med blommor i vitt,grönt, rosa och guld. Varje bord var dekorerat med rustika, eleganta ljuslyktor som gav ett varmt sken när mörkret började falla. När vi anlände till festplatsen, möttes vi av applåder och jubel. Luke och jag höll varandra i handen och strålade av glädje. DJ började spela vår favoritlåt och vi tog oss till dansgolvet för vår första dans som man och hustru. Alla gäster samlades runt oss, och det kändes som om vi svävade på moln medan vi rörde oss i takt med musiken. Middagen serverades kort därefter, och det var en gastronomisk upplevelse utöver det vanliga. Kockarna hade skapat en meny som speglade våra personligheter och vår resa tillsammans. Det började med en läcker förrätt av kycklingspett med färska sallader. Huvudrätten bestod av saftig oxfilé med en krämig potatisgratäng, ackompanjerad av rostade grönsaker. För de vegetariska gästerna fanns en delikat risotto med svamp och sparris. Till efterrätt serverades en trio av minidesserter: chokladfondant, citronmousse och en klassisk crème brûlée. När vi hade ätit klart, var det dags för talen. Luke's föräldrar höll ett rörande tal som fick många att torka tårar. Jeremy höll ett humoristiskt och hjärtligt tal, fyllt med anekdoter från deras barndom och tonår. Jag och Luke skrattade och grät om vartannat, rörda av de fina orden. Efter talen var det dags för en överraskning som Luke hade planerat. Han tog mikrofonen och bad alla att gå ut från tältet. Där, under den stjärnklara natthimlen, hade han ordnat en fantastisk fyrverkerishow. Fyrverkerierna exploderade i alla regnbågens färger och speglade sig i sjön intill. Det var magiskt och alla gäster stod hänförda och tittade upp mot himlen. Kvällen fortsatte med dans och musik. DJ spelade en perfekt

blandning av gamla klassiker och moderna hits som fick alla,
unga som gamla, att ta sig ut på dansgolvet. Vi dansade med
våra vänner och familj, skrattade och njöt av varje ögonblick.
Fotobåset blev en populär attraktion där gästerna kunde ta
roliga bilder med rekvisita och minnesskyltar. Vi hade också
en speciell chokladfontän där gästerna kunde doppa färska
jordgubbar, marshmallows och småkakor. Det blev snabbt
en favorit bland barnen (och många vuxna). En vän till oss
hade också ordnat en glassvagn med hemlagad glass i olika
smaker, vilket var en uppskattad överraskning. Efter
fyrverkerierna så höll jag och Luke vårt tal. Jag och Luke
ställde oss upp och jag tog mikrofonen i handen och höll ett
tal.

Kära vänner och familj,

Idag är en sådan underbar dag! Först och främst, låt mig
bara säga WOW! Tack för att ni alla är här. Jag menar, titta
runt i rummet, ni är som ett "Who's Who" av fantastiska
människor! Jag är helt förbluffad av den kärlek och stöd som

strömmar genom denna plats just nu. Att stå här bredvid Luke och se alla era leenden är som att vara omgiven av en regnbåge av glädje och kärlek. Ni är som en livepublik för vårt eget personliga kärleksshow, och vi är mer än glada över att ni har valt att sitta på första raden. Jag måste också säga, att kliva upp här och hålla detta tal är som att vara på en bergstopp med en fantastisk utsikt. Det är läskigt, nervöst, men oj så otroligt vackert. Vi vill ta en stund för att tacka er alla för att ni har rest hit, kanske till och med haft ett äventyr eller två längs vägen, för att fira denna speciella dag med oss. Ni är som stjärnor som har lyst upp vår himmel ikväll. Utan er alla skulle vår fest vara som en kaka utan frosting, en fest utan festligheter. Ni är det som gör denna dag helt fantastisk. Så, tack för att ni är ni. Tack för att ni delar er tid, er kärlek och era skratt med oss. Tillsammans är vi som en stor, galen, underbar familj, och vi känner oss så otroligt välsignade att ha er alla här idag. Så låt oss lyfta våra glas för att fira kärlek, vänskap och äventyr! Tack, från djupet av våra hjärtan, för att ni är en del av vår resa. Skål för er alla!.

När natten gick över till småtimmarna, började gästerna sakta dra sig tillbaka. Men innan vi avslutade kvällen, samlade vi alla kvarvarande för att ta ett sista gruppfoto. Det blev en bild full av glada ansikten och kärlek, ett perfekt avslut på en oförglömlig dag. Jag och Luke åkte tillbaka till vårt hus när festen var över och alla gäster hade gått. Jag gick in i sovrummet och försökte knäppa upp min klänning och så kände jag Luke's händer som omsluter mina, "låt mig", viskar han medan han kysser min hals, jag rös till av hans mjuka beröring. Han knäppte upp klänningen och hans mjuka händer gled över min rygg, han knäppte upp min BH och kysste min rygg medan han sakta tog av mig klänningen. Jag vände mig mot honom och kysste han medan hans hand svepte över mina lår och han slet av mig mina trosor och de föll ner till golvet. Hans hand rörde sig sakta mellan mina ben och hans fingrar lekte med min klitoris och vi backade mot sängkanten. Han puttade lätt ner mig och kysste mig från halsen ner mot magen och vidare mot mina lår och sedan mot min klitoris medan han förde in två fingrar i mig.

Hela jag brann som en eld av njutning. "Luke", viskade jag
mellan andetagen. Han fortsatte att smeka mig en stund till
och förde sedan in sin lem och jag stönade av njutning, hela
jag brann och det skulle krävas en hel sjö för att släcka mig.
Hans stötar var så sköna, så hårda och han visste precis vad
jag tyckte om. Han ökade takten och stötarna var så
intensiva och han nuddar min G-punkt fler gånger och jag
exploderar i såna orgasmer som jag aldrig upplevt tidigare.
Jag kan knappt andas. Vi byter position och han fortsätter
att föra in sig djupare in i mig och stötarna blir så kraftiga,
han fortsätter att stöta i mig tills hela jag skakar av orgasmer.
Luke drar upp mig och kramar om mig och kysser mig. Vi la
oss tillrätta i sängen och bara höll om varandra, vi behövde
inte säga något. Mina tankar flöt runt i mitt huvud, tänk att
jag får spendera mitt liv med min man, min man, ja min
man, han är min man nu och det finns inget som kan ändra
på det. "Luke?", sa jag, "ja, min vackra fru",svarade han, "jag
älskar när du säger min fru", sa jag och log. "Min fru, jag
älskar dig min fru, sa han och kysste mig med sina mjuka

läppar. Jag kunde inget annat än att bara le och krama honom hårdare. Vi somnade i varandras famn och kunde inte vara mer lyckligare än vad vi var nu. Dagen efter så samlades vi alla hos Luke's föräldrars hus och åt lunch tillsammans. Efter lunchen plockade vi undan allt och gick ner till sjön och tog ett dopp och myste vid strandkanten. Vi skojade med varandra och lekte lite lekar, Luke och Jeremy tog fram volleyboll nätet och bollar ur förrådet och Tristan och River hjälpte till att sätta upp allt så att vi alla kunde spela tillsammans. Mot kvällen så gjorde grabbarna i ordning en brasa vid sjön och alla vi satt runt elden. Ljuset från brasan kastade långa skuggor över vattnet och gav en varm, inbjudande glöd åt den svala kvällsluften. Ljudet av eldens knastrande blandades med de mjuka skvalpen från sjön. Luke och Jeremy tog fram gitarrerna och började spela en lugn melodi, medan vi andra njöt av stunden och Luke och Jeremy började sjunga. Det var verkligen ett så fint avslut på vår sista dag i Kanada tillsammans med Luke's familj för imorgon bär det av tillbaka till LA för oss. Vi satt kvar vid sjön ett bra tag kvar vid sjön men nu var vi tvungna att åka till våra Airbnb för att sova då vi ska upp tidigt, vi packade ihop våra saker och begav oss till bilarna. När vi vaknade morgonen därpå så var det dags att packa våra saker och möta upp Hailey, River och Tristan för att åka till flygplatsen men innan det skulle vi till Luke's föräldrar och säga hejdå. Vi satte oss i bilen och Luke körde mot deras hus, han parkerade och vi klev ut. Mrs Scott, Mr Scott, Sarah och Jeremy väntade på oss utanför. Vi kramades och jag tackade dem för allt, lika så gjorde Luke. "Jessenia, kalla mig för mamma nu, du behöver inte säga Mrs Scott", sa Mrs Scott och kramade mig, "Samma här Jess, kalla mig pappa", sa Mr Scott. Jag kunde inget annat än att bli rörd och Luke kramade om mig bakifrån. "Tack så mycket, ni är min familj", sa jag medan jag torkade tårarna. Vi vinkade hejdå och satte oss i bilen och skulle hämta de andra och sedan åka till flygplatsen. Vi körde till deras Airbnb och de väntade utanför på oss. "Here come the newlyweds", ropar de när vi kör fram och vi skrattade inne i bilen, Luke tog min hand i sin och pussade mig. Alla satte sig i bilen och var på ett jättebra humör förutom jag, jag ville verkligen inte lämna Kanada men vi var tvungna att åka tillbaka och jobba. Luke lämnade tillbaka bilen till hyrfirma och vi promenerade till flygplatsentrén, vi gick in och checkade in våra väskor och begav oss till säkerhetskontrollen och vidare mot vår gate. Vi hälsade på kabinpersonalen och de visade oss till våra platser. Vi satt i första klass, Jag satt bredvid Luke såklart och River och Tristan satt bredvid varandra medan Hailey satt bakom oss. Medan vi satte oss bekvämt i våra platser och färdigställde för start, kände jag en blandning av spänning och ångest. Jag vände mig mot Luke och gav honom ett försiktigt leende, men han såg rakt igenom mig. "Är du okej, älskling?" frågade han, hans ögon fyllda med oro. Jag nickade tyst och pressade fram ett leende. "Bara lite nervös över att återvända till jobbet, antar jag." Han grep min hand och gav den en kärleksfull klapp. "Det kommer att gå bra. Vi tar det här tillsammans, som alltid." Jag lutade mig mot honom och kände mig tröstad av hans närvaro. Trots min oro visste jag att vi skulle klara av vad som än kom vår väg så länge vi var tillsammans. När planet lyfte och vi började vår resa tillbaka till vardagen, tänkte jag på alla minnen vi skapat under vår tid i Kanada. Jag kom ihåg de vackra landskapen, de mysiga stunderna vid brasan och de livliga äventyren vi delade med våra vänner och familj. Tanken på att lämna allt detta bakom mig fyllde mig med sorg, men samtidigt kände jag en gnista av förväntan över att återvända till vårt liv tillsammans. Med Luke vid min sida och våra vänner runt omkring oss visste jag att oavsett vad som väntade oss hemma, skulle vi klara det tillsammans. Och kanske, bara kanske, skulle vi få skapa ännu fler minnen och äventyr tillsammans i framtiden.

12

Den nästan tio timmars flygresan gick bra och vi landade i LA sent på kvällen. Vi hämtade ut vårt bagage och begav oss mot utgången när vi plötsligt stannar upp och möts av massor med paparazzis. "Jävlar också, hur visste de att vi skulle komma hem idag?", sa Luke och såg på oss. "Jag vet inte älskling", svarade jag, "någon måste ha tipsat dom, för vi har inte sagt något till någon",svarade River och Tristan.

"Jag har inte heller sagt något", sa Hailey men jag såg på henne att hon ljög. "Hailey, varför ljuger du?", utbrast jag, "jag ljuger inte", ljög hon, "ljug inte jag vet att du måste ha sagt något, hur kunde du?, du är min bästa vän, hur kunde du tipsa dem?", sa jag till henne med tårar i ögonen. "Jess, kom, vi går", sa Luke och tog min hand och vi gick vidare mot utgången. " Luke, Luke, Jess, Jess", sa alla paparazzis och fotade oss men vi gick bara vidare utan att säga ett ord och vår bil körde fram och vi hoppade in i den tillsammans med Tristan och River och lämnade kvar Hailey på flygplatsen. Jag kunde inte kolla på Hailey just nu, hur kunde hon göra så mot mig och Luke?. Vi släppte av de andra vid deras hus och jag och Luke åkte vidare till hans hus. Luke öppnade dörren och vi klev in, nu skulle vi bara varva ner och komma till ro men mina tankar snurrade runt. Hur kan man göra så mot sin bästa vän?, min telefon ringer.

"Jess, förlåt, det var inte meningen att det skulle bli så, verkligen förlåt", hörde jag Hailey säga, Luke tog telefonen ur min hand, han var förbannad. "Hailey, Jess vill inte prata med dig just nu, hon ringer dig när hon lugnat sig så ring inte henne mer just nu, okej?", sa han irriterat. "Okej, säg till henne att jag verkligen är ledsen", sa hon och la på. Luke kramade om mig, "allt kommer bli bra min älskade fru", sa han och såg på mig. Jag gick till soffan och satte mig medan Luke gick och tog en dusch. Jag bara satt där och lät mitt huvud varva ner och orkade inte med mer drama just nu. När Luke var klar gick jag upp för att ta ett bad, jag behövde verkligen slappna av mer. Jag fyllde badkaret med vatten och la mig ner och då brast det för mig, jag började storgråta och kunde inte sluta. Luke knackade på dörren och jag kunde inte ens svara, han öppnade försiktigt dörren och såg att jag bara grät. Han hoppade in i badkaret och kramade om mig, "Jess, det är okej", sa han medan han höll om mig. Jag fick inte fram ett ord. Jag tog mig samman och såg rakt in i Luke's ögon, "tack Luke att du finns för mig, jag tror att jag bara behövde gråta ut efter allt som hänt, jag älskar dig så mycket min älskade man", sa jag. Luke höll om mig och pussade mig på pannan, "jag älskar dig också min älskade fru" och log. Luke gick och torkade sig medan jag badade klart och sedan tog jag på mig morgonrocken och vi stod på balkongen och såg på utsikten tillsammans. Vi var så trötta efter hela dagen och flygresan så vi somnade direkt när vi la oss i sängen. När jag vaknade på morgonen var Luke inte hemma, han lämnade en lapp på nattduksbordet. - Godmorgon min fru, jag åkte och handlade mat till oss och självklart kaffe så vi ses snart, älskar dig / Din man. Jag skrattade och var nu glad att han lät mig sova en stund, jag tog på mig kläder och gick ner till köket när dörrklockan ringde. Jag gick och öppnade, jag trodde att det var Luke som kanske behövde hjälp med att bära varorna. Men när jag öppnar dörren är det inte Luke som står där utan det är min mamma. "Jess, min dotter", säger hon och försöker krama mig, men jag backar undan och hon stoppar sig själv och backar undan från mig. "Vad fan gör du här?, hur hittade du hit?, sa jag med ilskan kokade i mig, "Hailey ringde mig och gav mig adressen, jag ville träffa dig Jess, jag har saknat min dotter", sa hon. "Du kan inte vara här, jag vill inte ha med dig och göra, dra härifrån", sa jag och hörde att Luke körde fram med bilen, han parkerade och gick ut ur bilen och gick fram till mig. "Vem är det här älskling?", frågade han medan han la armen runt mig, han märkte att jag skakade av ilska. "Älskling, detta är min mamma och hon ska dra, dra från oss och lämna oss ifred", svarade jag medan jag skakade. "Jag tror nog att du ska gå nu, du gör min fru upprörd så jag får be dig att lämna oss ifred", sa han lugnt medan han höll min hand. "Jag vill inte ha dig här efter allt du gjort mot mig, efter fem år kommer du och tror att du kan spela min mamma, du är inte min mamma, en mamma gör inte så som du gjorde under hela min barndom så låt mig och min man vara i fred", skrek jag. Mamma gick motvilligt mot sin bil med blicken mot mig och körde ifrån oss. Luke kramade om mig, "hur hittade hon hit?", frågade han, "Hailey såklart, den där jävla bitchen, har hon inte gjort tillrekligt med skada redan",svarade jag medan jag skakade av ilska. "Kom Jess och hjälp mig, hon har dragit nu, skit i henne", sa han lugnt, vi bar in varorna i köket och jag la in dem i kyl och frys medan Luke fixade kaffe till oss. Luke satte sig på köksön och såg på mig medan han smuttade på sitt kaffe, "Vi måste hitta en ny assistent och jag måste prata med Abbey om Hailey och berätta för henne vad hon håller på med", sa han lugnt. "En ny assistent? men jag då?", frågade jag oroat, "Ja, en ny assistent för att jag vill att du ska bli min manager istället", log han. "Manager?', jag? Är du verkligen säker på det?", frågade jag och log, "absolut min fru ska inte behöva jobba för hårt, så från idag är du min manager då jag redan sagt upp Arnold", skrattade han. Jag la ifrån mig kaffekoppen och gick fram till honom och gav honom en kyss. "Fan vad jag älskar dig min man", skrattade jag och kramade honom. Vi drack upp vårt kaffe och jag satte mig ute vid poolen och läste en bok medan Luke gjorde något inne i huset. Luke kom ut efter en stund ut med gitarren i handen och satte sig vid mig och spelade. Jag slutade att läsa min bok, såg på honom och njöt av att han spelade, jag blev så avslappnad.

Jag bara satt där och beundrade hans talang medan han spelade och sjöng. Luke fortsatte att spela, och jag satt där, förlorad i musiken och i honom. Det var något magiskt med hur tonerna dansade genom luften och svepte mig med sig. Jag kände mig som om jag flöt på en våg av känslor, dragen mot honom och hans musik. Hans fingrar dansade elegant över strängarna med en självsäkerhet som hypnotiserade mig. Jag lät mig förloras i ljudet av hans röst, varm och fyllig, som om varje ton var en kärleksförklaring till själva existensen. Medan han spelade kände jag hur mina egna tankar och bekymmer försvann bort i en dimma av glömska.

Det var som om musiken var en bro som förde mig över till en plats av frid och harmoni. Jag kunde inte hjälpa att låta mitt hjärta smälta inför den känsla av närhet och gemenskap som hans musik skapade. Sakta men säkert omfamnade en känsla av total tillfredsställelse mig, som om varje cell i min kropp vibrerade i harmoni med melodin. Jag kände mig så levande, så närvarande i ögonblicket, att det nästan var överväldigande. När Luke slutligen avslutade låten fann jag mig själv i en förlorad tystnad, dröjande kvar i den magi som hans musik hade vävt runt oss. Jag såg upp på honom, ögonen fyllda av beundran och tacksamhet för att jag fått dela detta ögonblick med honom. "Du är otrolig," viskade jag, orden nästan förlorade i den lugna atmosfären som omgav oss. Luke mötte min blick med ett mjukt leende och lade försiktigt gitarren åt sidan. Han sträckte ut handen och placerade den över min, en gest som fick mitt hjärta att slå snabbare. "Tack," svarade han enkelt, men det var som om hans ögon talade mer än orden någonsin kunde. Det var en förståelse, en samhörighet som genomsyrade luften mellan oss. Vi satt där en stund till, omfamnade av tystnadens skönhet och närvaron av varandra. Ingen av oss behövde säga mer, för i den stunden var det som om vår förbindelse hade förnyats och fördjupats genom musikens kraft. "Allt kommer bli bra älskling", försäkrade Luke mig och gav mig en puss. Vi satt kvar en stund och sedan gick jag in till köket och lagade lite lunch. Efter att ha fixat lunch åt mig och Luke gjorde jag de nödvändiga telefonsamtalen för att hitta nya assistenter till oss. Jag känner mig både lättad och redo att ta itu med nästa steg. Att sluta tänka på alla andra och vad fan dom nu än håller på med och bara fokusera på mig och min älskade man. "Luke, jag har hittat några assistenter och de ska komma på intervju imorgon vid tio så vi måste vara redo då, okej" , sa jag medan han satt i soffan och jag städade undan i köket. Han såg på mig stolt "okej, inga problem", log han, "det kommer bli svårt att hitta någon så bra som du men de löser sig nog", tillade han och skrattade. "Ja, det är klart men vi får se vem som passar oss bäst min älskling", svarade jag och skrattade. Eftermiddagen kändes som att den bara flög förbi och klockan har nu hunnit att bli elva på kvällen och vi gjorde oss i ordning för sängen. Jag stod i duschen när Luke's telefon ringde i sovrummet, han svarade men jag kunde inte höra vem det var. Han rusar in till badrummet efter cirka tio minuter helt ivrigt. "Vad har hänt", frågar jag oroat och jag stängde av vattnet, "Abbey ringde och hon har sparkat Hailey för att hon upptäckte att hon stal pengar från henne under flera år, så polisen kom hem till Abbey i kväll och arresterade Hailey för grov stöld och massa andra saker", förklarade han. "VA?!!, du skojar?", svarade jag chockad, "hur?när?var?, hur kunde jag inte veta om allt detta?", tillade jag. "Hon är en riktig mastermind, kolla hur hon behandlade oss, hur hon svek dig", sa Luke och kramade mig. "Vilken tur att jag inte vill ha med den bitchen och göra mer, jag fokuserar bara på oss nu och din karriär och vår framtid", svarade jag och log. Jag duschade klart och gick till sängen och la mig medan Luke tog en dusch så scrollade jag lite i mobilen och gick in på TMZ's hemsida där fanns lite artiklar om mig ochLuke men även allt om Hailey och vad hon hade gjort och jag kunde inget annat än att skratta åt den jävla falska satmaran, hon fick vad hon förtjänade. Nu kan jag bara släppa henne, Luke hörde mig skratta och han höll på att torka sig, "vad skrattar du åt baby?", frågade han. "Jag skrattar åt den där satmaran Hailey att hon fick det hon förtjänade efter alla svek", svarade jag med ett leende och han höll med mig. Luke la sig i sängen bredvid mig och jag kunde inte hjälpa att sätta mig över honom och bara kyssa honom, jag var så lycklig att ha honom i mitt liv. "Jag älskar när du är så lycklig min ängel", viskade han.

13

Vi vaknade på morgonen och gjorde oss klara för att de fyra
potentiella assistenterna skulle komma och bli intervjuade
snart. Vi satte oss i vardagsrummet och väntade på att den
första skulle komma. Det ringde på dörren och jag gick och
öppnade dörren. "Hej, välkommen", sa jag och visade vägen
till vardagsrummet. Vi satte oss ner och jag började att
intervjua den första tjejen. Vi ställde massor med frågor och
hon svarade på alla galant. När vi var klara visade jag henne
ut och nästa person kom. Det var samma där och med nästa
och nästa. När vi hade intervjuat alla så satte jag och Luke
oss i soffan och gick igenom alla assistenter en efter en och vi
valde tillslut två stycken, en tjej och en kille. Tjejen heter
Stella och Killen heter Andrew, Stella kommer att jobba som
min assistent och Andrew som Luke's. Vi var nöjda med
våra val och jag ringde båda för att berätta att de blivit valda.

Vi bestämde att de skulle komma dagen därpå för att jag

skulle uppdatera dem om våra scheman och allt. "Äntligen baby så kan vi slappna av lite och slippa oroa oss", sa Luke nöjt. "Ja, verkligen baby", log jag och pussade honom. "Vad sägs om Hell's Kitchen idag?", skrattade Luke, "absolut älskling, det låter som en bra idé", svarade jag. "Då ringer jag och bokar bord till oss", sa han och gick iväg. Vi hade en underbar middag bara Luke och jag, vi åt och skrattade, vi var helt enkelt lyckliga. Efter middagen åkte vi hem och bara njöt av att vara med varandra för nästa vecka är det full rulle med jobb. Massor med PR, intervjuer och röda mattor så vi njöt verkligen av att bara vara. Nästa dag kom Stella och Andrew till sin första arbetsdag. Jag hade förberett allt jag behövde gå igenom med Stella och Luke hade gjort detsamma med Andrew. Stella verkade otroligt organiserad och kunnig, vilket gjorde mig lugn. Andrew var vänlig och energisk, precis som Luke. Det kändes som att vi hade gjort utmärkta val. Efter att ha gått igenom scheman och rutiner satte vi oss alla ner för att ta en kaffepaus. "Tack så mycket för att ni valde mig", sa Stella med ett leende. "Jag är så exalterad över att få arbeta med er." Andrew nickade instämmande och tillade, "Samma här! Jag tror att det här kommer att bli riktigt bra". Efter kaffepausen gick vi igenom några sista detaljer innan Stella och Andrew skulle få de sista dagarna ledigt innan stormen drog igång igen. Luke och jag kände oss lättnad att ha hittat två så passande assistenter. Det kändes som om en stor börda hade lyfts från våra axlar för nu kan vi jobba tillsammans som ett starkare team. Dagarna flöt på och Luke hade många intervjuer och alla ville veta om vår förlovning och tillslut berättade Luke allt hos The Drew Barrymore Show när vi var i New York. "Jag och Jess förlovade oss omgivna av min familj i Kanada, och bara några veckor senare gifte vi oss i en intim ceremoni med våra vänner och min familj", sa han och log, och såg på mig från scenen. "WOW, stort grattis till er", sa hon och såg chockad ut. "Tack så mycket, Jess sitter där då hon är min manager nu", log han stolt. "Då tycker jag att vi bjuder upp henne här, Jag gick upp på scenen och fick en mygga så att publiken skulle höra mig. "Hej Drew, tack för att du bjöd upp mig", log jag och Luke tog min hand i sin. "Absolut, grattis till er båda, ni ser så lyckliga ut, detta var verkligen en överraskning", sa hon och gav mig en kram. Drew ställde lite mer frågor till mig och Luke men hon fortsatte senare med Luke's intervju om filmen och jag satt bredvid, när vi var klara så åkte vi vidare till flygplatsen för att ta flyget tillbaka till LA. När vi kom fram till LA började jag känna mig lite konstig i kroppen men jag lät det vara så länge, vi hade så mycket kvar att göra. Imorgon ska vi gå på röda mattan för premiären för Luke's film och då skulle vi träffa Abbey, River och Tristan, det skulle bli kul och träffa dem igen. Vi åkte hem och vilade men jag mådde fortfarande inte bra. Jag hade en konstig känsla i kroppen som jag inte kan beskriva. Jag tog en dusch och Luke satte sig i musikrummet och spelade lite gitarr. När jag var klar la jag mig i sängen och somnade, men jag låg och skakade så Luke väckte mig. "Jess, vakna, hur mår du? du ligger och skakar", sa han oroat, "jag vet inte vad det kan vara, jag känner mig lite konstig i kroppen men de borde nog gå över om jag sover lite", svarade jag och Luke kramade om mig och vi somnade.

Dagen efter mådde jag lite bättre och gjorde mig i ordning

för röda mattan. Stella och Andrew höll koll på våra

scheman och bokade bilen åt oss som snart skulle hämta oss.

Jag tog på mig en vacker svart klänning och Luke hade en

kostym, Fan vad jag älskar när han har kostym på sig, han är

så sexig i den. När vi var klara tog Luke min hand och vi klev

in i bilen som hämtade upp oss och vi rullade mot

premiären. Vi tog ett djupt andetag i bilen och såg varandra i

ögonen, "allt kommer gå bra baby", log Luke. Med ett

lugnande leende nickade jag till svar och kände hur mina

nerver började lugna sig. Luke hade alltid den förmågan att

få mig att känna mig trygg, oavsett situation. Bilresan till

premiären var fylld av nervositet och förväntan, men också

av en underliggande känsla av glädje och stolthet över det vi

skulle uppleva tillsammans. När vi närmade oss

evenemanget kunde jag se blixtarna från fotografernas

kameror blinka i fjärran. Pulsen steg och jag greppade Luke's

hand hårdare. Han gav mig en uppmuntrande puss och log

mot mig. Väl framme vid evenemanget steg vi ut ur bilen och möttes av ett virrvarr av människor och ljud. Röda mattan sträckte sig framför oss, omgiven av stora kameror och ivriga fans som ropade våra namn. Stella och Andrew skyddade oss från den värsta trängseln och lotsade oss genom folkmassan. Plötsligt hörde vi våra namn ropas och kamerorna vreds mot oss. Luke drog mig närmare och vi log brett mot kamerorna medan vi vinkade till fansen. Det var som att befinna sig mitt i en virvelvind av ljus och ljud, men samtidigt kände jag en stark närvaro av Luke bredvid mig som gjorde att jag kände mig stadigare än någonsin. Vi poserade på röda mattan och Luke gjorde små intervjuer och de gratulerade oss. När vi äntligen nådde slutet av röda mattan och kunde andas ut en stund kände jag en blandning av lättnad och lycka. Jag vände mig mot Luke och möttes av hans varma leende. "Vi klarade det," viskade han och pussade mig. Med hans stöd vid min sida visste jag att vi skulle klara av allt som låg framför oss, oavsett vad som kom vår väg.

Premiären gick superbra och vi hade det jättekul med

allihopa och det var trevligt att träffa våra vänner och alla som jobbade med filmen, Mitchell var också där och kramade om oss och gratulerade oss till vårt giftermål, han var jättestolt över oss. Vi gick sedan vidare in och skulle se på filmen med alla. Luke och alla var så bra i filmen och den blev bättre än förväntat. Efter filmen åkte vi till efterfesten och minglade med resten av gänget. Musiken dånade och dansgolvet var fullt av glada människor som rörde sig i takt till beatsen. Det var som om ingenting annat existerade för stunden än den här gemensamma glädjen och energin som fyllde rummet. Jag slog mig ner i en bekväm fåtölj bredvid baren och tog en klunk av min cola. Runt omkring mig hörde jag livliga samtal och skratt från olika grupper som hade samlats för att fira filmens succé. Plötsligt kände jag en hand på min axel och vände mig om för att möta Luke's leende, "ska vi åka?", frågade han för han måste ha märkt att jag inte mådde så bra. "Ja, vi kan åka, jag mår inte så bra", svarade jag. Precis när jag ska resa mig så känner jag mig helt snurrig och Luke fångar mig i sista sekunden, jag svimmade.

"Hjälp, hjälp", skriker Luke och flera personer springer fram och hjälper till. Luke stöttade mig varsamt medan jag låg medvetslös i hans armar. Röster susade omkring mig, och jag kände en förvirrad oro över det som just hade hänt. När jag sakta återfick medvetandet var jag omgiven av människor som såg bekymrade ut. "Är du okej?" frågade Luke, hans röst fylld av oro. Jag nickade svagt, fortfarande lite omtumlad. "Tror det... jag vet inte vad som hände", svarade jag. "Vi måste få dig undersökt," insisterade Luke och hjälpte mig upp. Tillsammans med några av de andra personerna som hade kommit till min hjälp, ledde han mig försiktigt till en stol i närheten där jag kunde sätta mig ner och vila. Snart anlände en kvinna med en väska märkt "Första hjälpen" och började ställa frågor och undersöka mig noggrant. "Jag tror att vi måste åka in till sjukhuset och göra lite tester", sa kvinnan oroat. Kvinnan och hennes kollega hjälpte mig upp på britsen och Luke var vid min sida hela tiden. "Jag sa ju att jag kände mig konstig i flera dagar nu", sa jag till Luke och han såg så bekymrad ut. "Jess, var med i en allvarlig olycka

för några månader sedan, kan det ha något med det att
göra?", frågade han ambulanspersonalen. "Vi vet inte men
jag antecknar här den informationen så får de göra röntgen
och tester på sjukhuset", svarade kvinnan. Väl framme så
gjorde de massor med tester och röntgade mig men de
hittade inget som kunde vara fel, de sa att jag behövde vila
och inte anstränga mig så mycket och vi fick åka hem igen.
"Jess, du skrämde mig, verkligen", sa Luke och höll min
hand, "förlåt jag vet inte vad som hände", svarade jag. Luke
beordrade mig att gå och lägga mig och vila. Han kom sedan
in med en kopp te och vi kollade på tv en stund innan vi
somnade. Nästa dag fick Andrew åka iväg med Luke hela
dagen för jobb och jag och Stella var hemma och såg över
scheman och massor med andra saker. "Stella, vad är det för
datum?", frågade jag lite i panik, "det är den tjugoåttonde",
svarade hon, "du skojar?", utbrast jag. "Har det hänt något,
Jess?", frågade hon oroat, "ja, du måste åka och köpa ett test
till mig", svarade jag i panik. "Ett test?", frågade hon
fundersamt, "ja, ett test, ett graviditetstest", svarade jag i

panik. Stella satte sig i bilen och åkte och köpte några test, hon kom tillbaka efter cirka trettio minuter. "Jag köpte lite blandade test", sa hon med en full påse med säkert tjugo stycken test i. "Stella, vad fan ska jag göra, ska jag ta ett nu eller vänta på att Luke kommer hem?", frågade jag med gråten i halsen. "Oj, jag vet inte, ta ett när Luke kommer så kan ni båda vara säkra", svarade Stella och gav mig en kram. Senare på kvällen kom Luke hem och jag satt i soffan. "Hej älskling, jag är hemma", ropade han när han kom in innanför dörren. "Luke, jag är här", svarade jag medan mina tårar rann nerför mina kinder. "Jess, vad är det?", frågade han lite i panik. "Jag är sen, riktigt sen Luke", grät jag, "va? Jag förstår inte, vad menar du?", frågade han, "Ja, jag är sen, min mens är sen Luke, den är nästan två månader försenad", grät jag. "Okej", sa han, men jag hörde paniken i hans röst. "Jag har inte tagit ett test ännu, jag har väntat på dig", fick jag fram mellan tårarna. "Okej, men då tar vi ett test tillsammans", sa han och kramade mig hårt. Jag tog påsen med alla tester och vi gick upp till badrummet, jag gick in på toaletten och kissade i en plastmugg och gick sedan ut med den till Luke. Vi läste på förpackningen om hur många minuter man skulle vänta, det stod tre minuter och vi doppade en sticka i muggen och Luke ställde timern på tre minuter och där stod vi och väntade. "Oavsett vad den säger så är det vi två", sa Luke och såg mig i ögonen. Timern tjöt och jag tog upp stickan med darrande händer, den visade positiv och jag visade Luke. "Luke, jag är gravid", utbrast jag i chock. "Gravid?,hur?"Hur kunde det hända?", frågade Luke chockad. "Jag vet inte, du vet ju själv att jag tar p-piller", svarade jag medan jag var tvungen att sätta mig på golvet. Jag höll i stickan och kunde inte tro mina ögon, jag kunde inte sluta gråta. Luke satte sig bredvid mig och höll om mig. "Vad ska vi göra?", frågade jag när jag lugnade mig. Luke satt bara och höll om mig och fick inte fram ett ord. Han ställde sig upp och räckte ut sin hand, "kom", sa han och hjälpte mig upp. Han kramade mig, "allt kommer bli bra baby, även om vi inte planerat detta så kommer det bli bra ska du se", sa han och gav mig en puss. "Jag ringer en läkare imorgon och bekräftar allt, okej?", svarade jag, "ingen

fara gör det så att vi är hundra procent säkra", sa han och

höll om mig hårt.

14

Dagen efter ringde jag läkaren och fick en tid samma dag så jag ringde Luke och informerade honom om det.. "Jag ringde läkaren nu på morgonen och fick en tid idag på eftermiddagen så jag och Stella åker dit", sa jag till Luke i telefonen då han var iväg på intervjuer hela dagen. "Okej gör så och glöm inte ringa mig efter, jag älskar dig", svarade han och la på. Stella kom på eftermiddagen och körde mig till läkaren, vi klev in och checkade in vid disken. "Jessenia Scott", ropade en sköterska, "Ja, det är jag", svarade jag, "kom med här", sa hon och visade vägen in till rummet. Efter en liten stund kom läkaren in och ställde massor med frågor som jag svarade på och sedan var det dags för ultraljud. "Hmm, ja, jag kan se här att det finns en liten bebis",sa hon och visade på skärmen. "Jag kan se här att du är i ungefär vecka sju", förklarade hon vidare, "Vecka sju?", svarade jag chockat. "Ja, precis, vecka sju", svarade hon, "Då

betyder det att jag redan var gravid innan vi gifte oss", sa jag
med tårarna i ögonen. "Kan jag bara filma skärmen till Luke
så att han ser bebisen?", frågade jag, "Ja, absolut", svarade
läkaren och jag tog fram mobilen och filmade så att han
kunde få se senare när han kom hem. "Jag skriver ut några
bilder också", log hon. "Tack så mycket", svarade jag och log,
när jag var klar hos läkaren klädde jag på mig och gick ut till
Stella som väntade på mig i väntrummet. "Tack Stella att du
följde med mig", sa jag till henne och log, "absolut boss",
skrattade hon. Stella körde mig hem och sedan gav jag henne
ledigt så hon åkte hem. Jag satt vid köksön och väntade på
att Luke skulle komma hem. Jag satt där med bilderna som
doktorn skrev ut och kunde fortfarande inte tro mina ögon
att det är en liten bebis som växer inuti mig. "Älskling, jag är
hemma", ropade Luke när han stängde dörren, "jag är i
köket", svarade jag. Luke kom in i köket, "sätt dig", sa jag
med tårarna i ögonen. "Det är sant, jag är gravid i vecka sju",
sa jag och tårarna föll medan jag visade ultraljudsbilderna.

"Vecka sju?, det betyder att vi blev gravida innan vi gifte

oss", sa han chockat, "ja, precis, jag var också chockad när läkaren sa det", svarade jag. Han ställde sig upp och kom bakom mig där jag satt i stolen och kramade mig och gav mig en kyss, "baby, vi kommer klara detta, du kommer bli den bästa mamman till vår bebis", sa han. Då brast det för mig och jag bara grät, "och du, min älskling kommer bli den bästa pappan i hela världen", svarade jag mellan tårarna. Vi kramades hårt och jag tog ett djupt andetag och lugnade mig. Luke tog ultraljudsbilderna och höll dem mot sitt bröst, "tänk att vi ska ha en liten bebis, en del från dig och en del från mig", sa han med tårarna i ögonen och log. "Jag älskar dig Lukas Scott", sa jag, "jag älskar dig Jessenia Scott", svarade han tillbaka och vi stod där i köket, lyckliga att vi ska ha en liten krabat om några månader. "Vi måste ringa mamma och pappa", sa han, "Ja, absolut gör det nu", svarade jag och Luke tog upp sin telefon och ringde videosamtal till sin mamma. "Hej farmor", sa han när hon svarade, "farmor? Vad menar du med farmor? Är Jessenia gravid?", sa hon, "Ja, mamma vi fick precis veta det", svarade

Luke med ett brett leende. "Vilken vecka är hon i?", frågade hon, "hon är i vecka sju",svarade Luke. "Vad glad jag blir, ni kommer bli de bästa föräldrarna", sa hon och grät av lycka. "Tack mamma", svarade jag och log. Luke och hans mamma pratade en stund till och sedan gick vi och la oss för att jag var så trött. Luke höll om mig i sängen och jag kunde inte vara mer lycklig just nu, jag hade min älskade man bredvid mig och visst är det skrämmande att bli gravid så snabbt men det är nog ödet för oss, att just vi ska ha detta barn som vi kommer älska lika mycket som vi älskar varandra om inte mer. Vi kommer klara allt detta, vi klarade av min trauma efter olyckan, vi kommer att klara allt som kommer att försöka att ställa till det för oss, det är jag och Luke. Dagen efter vaknade jag före Luke och klockan var cirka sex på morgonen och Luke skulle upp vid åtta. Jag smekte hans kind och gav honom en puss på kinden. Han öppnade ögonen och log, "godmorgon baby", sa han, "godmorgon sexy", svarade jag och bet mig i läppen. Han sträckte på sig och drog sedan in mig i sin famn, medan jag kysste han på

halsen och vidare upp mot hans mjuka läppar. "Baby?",
viskade han, "Ja", svarade jag och smekte hans lem mjukt.
Han kysste mig på min svaga punkt på halsen, och jag njöt.
Han förde sedan sin hand till mina trosor och förde in sin
hand innanför och smekte min klitoris mjukt, jag andades
tyngre. Sedan tog han in två fingrar i mig och drog dem in
och ut sakta och jag drog av mig mitt linne och han kysste
mina nakna bröst mjukt och nafsade lite lätt på mina styva
bröstvårtor och jag stönade mjukt. Han drog ut sina fingrar
ur mig och jag satte mig över honom och förde in hans styva
lem i mig och red honom sakta men ökade snabbt farten.

"Baby, du är så skön", viskade han medan jag var över
honom och njöt av hans närhet. Han smekte hela min kropp
med sina händer och det gjorde mig ännu våtare och han
bad mig att byta plats med honom. Jag la mig under honom
och han förde in sin lem i mig igen och hans stötar var så
underbart sköna och han ökade farten mer och mer och jag
kunde inget annat än att njuta av att ha honom i mig. Hans
beröring fick min kropp att brinna men samtidigt smälta

och det kändes så underbart. När vi var klara kramade han mig och gav mig en kyss innan han var tvungen att ta en dusch och åka iväg på intervjuer igen, men idag skulle alla skådespelarna vara med. Abbey, Tristan, River och de andra så jag var glad att han får spendera lite mer tid med sina kompisar. Jag och Stella skulle gå igenom lite saker för Luke, River och Tristan skulle ha ett gig om två veckor så vi var tvungna och planera in lite rep tid till grabbarna nu när de snart var klara med all PR för filmen. Äntligen så skulle Luke vara hemma lite mer och vi skulle njuta av varandra mer efter många veckor med jobb. Min telefon ringde, "hej baby, vi är klara här och Abbey och de andra frågar om du vill följa med och äta med oss", frågade Luke, "Ja absolut, jag ber Stella köra mig, skicka adressen dit vi ska så fixar jag mig nu och åker dit", svarade jag, "okej det gör jag och så ses vi sen, älskar dig", sa han och vi la på. "Stella, jag gör mig i ordning så åker vi och äter middag med Luke och de andra", ropade jag från köket till Stella. "Okej, ingen fara", svarade hon tillbaka och jag gick och gjorde mig i ordning inför kvällen. Jag var nu klar och vi satte oss i bilen och Stella

körde mot vår destination. Väl framme vid restaurangen

kände jag en blandning av spänning och lycka när jag såg

Luke och de andra redan sitta vid bordet. Luke reste sig upp

när han fick syn på mig och kom fram med ett leende som

smekte hans läppar. Han kysste mig mjukt och kärleksfullt.

"Hej baby mama", sa han med en lekfull glimt i ögat och det

var som om hela rummet höll andan för att ta in

ögonblicket. "Vad sa du precis till Jess?" undrade Tristan och

River nästan i kör, deras ansiktsuttryck en mix av förvåning

och glädje. "Vi ska ha en bebis", sa jag med en mjuk, lycklig

ton och placerade min hand över min mage, en gest som

bara förstärkte känslan av att detta var på riktigt. "OH MY

GOD!!" utbrast alla runt omkring oss och gratulerade oss på

olika sätt. Jag kände en varm känsla att sprida sig inom mig

när Abbey kom fram och gav mig en varm kram. "Bra jobbat

Luke", sa grabbarna med ett brett leende riktat mot oss, och

det kändes som om hela världen låg framför oss, redo att

utforskas. Vi satte oss ner och lät glädjen och lyckan sprida

sig runt bordet medan vi delade historier och skratt.
Champagne flödade för att fira det glädjande tillfället och
mitt glas fylldes med alkoholfritt bubbel som jag njöt av lika
mycket som de andra. Under kvällen pratade vi om vårt
bröllop, Luke och killarnas kommande gig och massor av
andra saker som fick oss att skratta och känna oss ännu
närmare varandra och våra vänner. Det var en kväll fylld av
kärlek, glädje och förväntan inför framtiden som låg framför
oss. När vi var klara betalade vi och sa hejdå till alla och
började att åka hem, jag och Luke blev körda hem av
Andrew. När vi kom gjorde vi oss i ordning för sängen men
Luke ville vara uppe ett tag till så han gick ner till vårt
vardagsrum och tog sin gitarr och satt och spelade en stund.
Jag kunde höra hans vackra melodi upp till sovrummet och
jag låg i sängen och njöt. Hur kan jag ha hittat min andra
hälft?, Vad har jag gjort i mitt liv för att förtjäna någon som
han?, han förstår mig mer än någon någonsin har gjort. Han
är verkligen perfekt för mig, låg jag och tänkte för mig själv.
Jag låg fortfarande vaken när Luke kom upp och la sig

bredvid mig. "Är du fortfarande vaken, älskling?", frågade han, "ja, jag hörde dig spela, det lät så fint, är det en ny låt?", frågade jag och log. "Ja, det är en ny låt som jag jobbar på", svarade han och gav mig en puss.

15

När jag vaknade nästa morgon sov Luke fortfarande, jag gick ner till köket och satte på kaffemaskinen men doften av kaffet fick mig att må illa så pass illa att jag var tvungen att öppna fönstret och gå ut. Luke kom ner och såg på mig, "vad är det älskling?', frågade han medan jag försökte att inte känna kaffedoften, "kaffet", svarade jag och försökte att inte spy, "åh nej, du som älskar kaffe", skrattade han medan jag gav honom en arg blick. "Vad ska jag göra nu?, ska de vara så hela graviditeten?", frågade jag och såg på honom, "jag vet inte baby", svarade han och kramade mig. "Kan du snälla stänga av kaffemaskinen medan jag sitter här och vädrar vårt hus", skrattade jag, "absolut älskling, allt för dig min baby mama", sa han och gav mig en puss innan han gick in. Jag var tvungen att sitta ute vid poolen i ungefär en timme innan jag kunde gå in igen. Luke gjorde frukost till mig och sig själv som vi åt vid vår uteplats tillsammans. "Från och med idag så får vi bära ut kaffemaskinen ut hit och göra kaffe", skrattade jag och log, "absolut, inga problem jag fixar det så fort vi ätit klart", svarade Luke och log. När vi åt klart gick jag upp och gjorde mig i ordning medan Luke fixade i köket. Vi skulle iväg till River för att killarna skulle repa inför giget, jag drog på mig ett mjukissett och gympaskor och satte upp håret i en tofs. Luke var nu klar i köket och gick upp för trappan, "baby, vi har ett problem, ett stort problem", ropade jag, "vad är det älskling?", frågade han, "Inget passar mig, så vi behöver köpa nya kläder till mig", sa jag med gråten i halsen. "Jag har testat så mycket av mina kläder men inget passar för magen",sa jag. "Älskling, du bär på mitt barn, så om du vill shoppa kan vi göra det efter att vi repat idag", svarade han och kramade om mig och gav mig en puss och sedan pussade han på min mage. Luke gjorde sig klar, tog sin gitarr och vi hoppade in i bilen på väg mot Rivers hus. När vi var framme så hälsade vi på varandra och grabbarna kramade mig, de var så glada att jag och Luke skulle bli föräldrar och de blir "farbröder" till bebis. Killarna repade i fyra timmar och allt gick superbra, de jobbade lite på Luke's nya låt och allt lät magiskt. De är verkligen grymma på att spela, Luke på gitarr och sång, Tristan på trummor och backup sång och River på bas och backup sång. När de var klara så packade Luke ihop sin gitarr och vi skulle åka och shoppa lite nya kläder till mig. Vi åkte till en galleria, vi parkerade och strosade runt lite. Luke's ögon lös upp när vi passerade en babybutik, "Älskling, vi går in här och kollar lite", föreslog han, jag såg på honom, "Är det inte lite tidigt?", frågade jag och log, "Nej det är inte för tidigt, och det skadar inte att kolla lite", sa han bestämt och han öppnade dörren för mig och vi gick in. Butikspersonalen blev lite chockad att vi kom in då de kände igen oss, men de var väldigt hjälpsamma och visade oss massor med saker. Allt från barnvagn till säng och allt däremellan. Vi köpte lite neutrala kläder i vitt och en mjuk filt. När vi var klara så gick vi vidare och kollade vidare på kläder till mig. Luke köpte också lite saker till sig själv, lite linnen och byxor och en jacka. Jag fick med mig lite linnen och byxor samt tre kavajer och fem klänningar. "Nu känner jag mig mycket bättre älskling, nu har jag i alla fall kläder som passar och inte trycker in allt", sa jag och log när vi satte oss i bilen och han gav mig en puss. Plötsligt dyker det upp en paparazzi utanför vårt bilfönster och tar bilder, Luke öppnar bilrutan lite och ber dem flytta på sig men de lyssnar inte och är lite aggressiva av sig och knackar på bilrutorna. "Jag ringer polisen", sa jag till Luke med skräcken i ögonen och han såg oroat på mig. Jag ringde polisen och de kom efter några minuter. Luke gick ut ur bilen medan jag satt kvar, "Min fru är jätterädd, hon är gravid och dessa typer kommer fram till vår bil och bankar på rutorna och jag ber dom backa så att vi kan åka men dom flyttar inte på sig och är jätte aggressiva", förklarade Luke och satte sig i bilen igen. Polisen bad alla paparazzi att flytta på sig och polisen följde oss en bit hem. "Luke de där var läskigt, de har aldrig gjort så förut", sa jag oroat och Luke höll med, "ja, det där var så konstigt, men bra att polisen hjälpte till", svarade han och log. När vi kom hem igen bar vi in våra saker och jag ställde påsarna på golvet i vardagsrummet. "Luke?",sa jag, "ja, älskling", svarade han och såg på mig, "vi har inte bestämt vilket rum bebis ska ha", sa jag och log och Luke såg på mig och kom fram till mig och gav mig en kyss, "det löser vi älskling, och kommer vi inte på någon bra lösning så kan vi sälja detta hus och köpa ett nytt, ett större kanske, med en gräsmatta på baksidan, vi löser det", sa han och höll om mig. Vi tog upp våra saker till garderoben och la undan dem på sin plats. Jag tog en dusch medan Luke beställde mat till oss. När jag var klar satte jag på mig lite kläder och gick ner till köket och väntade på att maten skulle komma och lyssnade på Luke som satt i vardagsrummet och spelade på sin gitarr och sjöng. Det ringde på dörren och jag gick och öppnade, det var vår mat. "Tack så mycket", sa jag till budet och gav honom en tjugo dollar sedel medan jag tog emot maten. Budet tackade och jag gick in och stängde dörren, "Luke, maten är här", sa jag medan jag gick mot köket. "Jag kommer baby", svarade han och la ifrån sig gitarren och kom in till köket, satte sig bredvid mig och gav mig en puss medan vi packade ur påsen med vår mat i. Precis när jag skulle ta en tugga så flög jag upp

ur stolen och hann precis till toaletten som ligger precis intill

köket och började spy. Luke öppnade dörren till toaletten

och satte sig bredvid mig på golvet och höll om mig, "baby är

du okej?", frågade han medan han strök bort en hårslinga

och la den bakom mitt öra. "Ja då, men fan jag måste ju

kunna äta något annat än bara frukt", svarade jag. Han log

och höll om mig, "baby, det kommer bli bra ska du se, du

kanske kan ringa till läkaren, hon kanske har något tips?", sa

han och gav mig en puss på pannan. Vi reste oss från golvet

och jag gick och borstade tänderna medan Luke åt sin mat

och när jag var klar i badrummet ringde jag min läkare och

förklarade allt, att jag inte kan äta något alls. Läkaren bokade

in en tid dagen efter och jag la på luren. "Babe, jag fick en tid

imorgon på morgonen så vi kan åka dit tillsammans, tiden är

vid tio", ropade jag till Luke medan jag gick ner för trappan.

"Vad glad jag blir älskling, hoppas du kan äta något snart, jag

skar upp ett äpple till dig", log han och gav mig en liten skål

med äppelskivorna, "tack älskling", svarade jag och gav

honom en puss. Dagen efter åkte vi till läkaren och satt och väntade i väntrummet när en av sköterskorna kom fram till oss, "Jessenia, Luke hej på er, kommer ni ihåg mig?", frågade hon, "ja juste, det är du, du som gav mig en macka när Jess..." sa han och log, "ja precis, jag jobbar här nu", log hon, "åh ska ni få en bebis? Grattis", tillade hon. "Ja, jag är i vecka åtta nu", svarade jag och log brett. Vi sa hejdå och sedan ropade en sköterska upp mitt namn och vi gick in till rummet. Läkaren kom in efter en stund och jag förklarade vad problemet var och jag fick medicin utskrivet som skulle hjälpa mig med mitt illamående. "Vill ni att jag ska göra ett ultraljud så att Luke kan få se", frågade hon och jag och Luke såg på varandra och båda svarade Ja i kör. Jag la mig på britsen och hon drog fram maskinen och jag drog upp min tröja och hon drog munstycket över min mage och där fanns vår bebis, Luke's ögon fylldes med tårar och han kysste mig när vi fick höra hjärtljuden i högtalaren. Läkaren stannade upp i en sekund, "är något fel", frågade jag oroat, "nej då, det är bara det att jag hör två hjärtljud", svarade hon och såg förvånad ut. "Vad menar du med två?", frågade Luke, "ja, umm, vi måste ha missat det andra hjärtljudet när Jessenia var här sist, ni ska få tvillingar och jag kan se att Jessenia inte är i vecka åtta utan i vecka tio", sa hon och log. "Tvillingar", utbrast jag och tårarna började rinna nerför mina kinder. "Jävlar, tvillingar", sa Luke och tog sig för pannan och kysste mig. Jag torkade min mage och rullade ner tröja igen och satte mig upp, "tvillingar", mumlade jag i chock. Vi tog oss samman och Luke tog min hand och vi gick ut till bilen, "älskling, tvillingar", utbrast han av lycka, "ja, tvillingar, vi ska ha tvillingar, inte undra på att inga kläder passade mig", skrattade jag. Vi åkte hem och satte oss i soffan och ringde videosamtal till Luke's mamma. "Hej mamma, hämta pappa ,vi har lite nyheter", sa Luke i telefonen, "ni kommer inte tro era öron", tillade han. "Har det hänt något?", frågade hon, vi räknade ett, två, tre, "vi ska få tvillingar", sa vi båda i kör. "Vi fick precis reda på det nyss när vi var hos läkaren då jag mår så illa hela tiden", förklarade jag. Mrs Scott grät av lycka och Mr Scott fick också tårar i ögonen, "bra jobbat min son", svarade han, vi pratade en liten stund till och sedan la vi på. Jag och Luke satte oss vid poolen och han tog med sig sin gitarr och han spelade och sjöng sin nya låt han jobbade på. Det var en låt till våra barn, en vacker melodi. Jag satt och lyssnade och tårarna föll från mina ögon av lycka. Luke fortsatte att spela och sjunga medan jag satt bredvid honom vid poolen och lät känslorna skölja över mig. Tanken på att vi skulle bli föräldrar till två små liv fylldes av både glädje och en viss oro. Tvillingar var ett dubbelt så stort ansvar, men samtidigt dubbelt så mycket kärlek att ge. "Vad ska vi namnge dem?" frågade jag Luke, medan jag lät fingrarna glida genom det varma vattnet i poolen. Han tittade upp från sin gitarr med ett leende. "Vi kommer på något fantastiskt tillsammans, jag är säker på det", sa han och la ner gitarren bredvid sig. Vi satt tysta en stund och kramade om varandra och njöt av varandras närvaro och tanken på den lilla familj vi snart skulle bli. Solen började sakta gå ner och färgerna på himlen övergick till mjuka nyanser av rosa och lila. Vi njöt av solnedgången medan kvällen föll över oss,

fyllda av förväntan inför framtiden och den kärlek som
skulle fortsätta att växa i våra hjärtan för varje dag som gick.

16

Två veckor har nu gått sedan vi fick reda på att vi ska få tvillingar och idag är det Luke's gig. Luke gjorde sig i ordning, packade ner sina gitarrer och bar ut dem till bilen. "Har du med dig allt", frågade jag medan jag gick mot bilen, "ja älskling, jag har allt med mig nu, hoppa in i bilen nu sexy mama", svarade han och skrattade. Han gick till förarplatsen och öppnade dörren och satte sig ner och startade bilen, gav mig en kyss och vi rullade ut ur vår uppfart. Det tog oss cirka trettio minuter till klubben. Väl framme mötte vi Tristan och River som började packa ut deras instrument och Luke öppnade bakluckan och började lasta ut sina gitarrer. "Hej grabbar", hälsade jag och gav dem en kram, "Hej Jess, hur mår du?", frågade de nästan i kör och båda log. "Jag mår jättebra nu, tack", svarade jag. Vi gick in med alla saker men jag fick inte bära för Luke. Jag satte mig vid ett bord nära scenen och såg på när dom riggade upp allt. En servitris kom fram till mig och frågade vad jag ville ha och dricka, "en vatten blir bra tack", svarade jag och log. Hon kom tillbaka efter några minuter och gav mig mitt vatten. Allt var nu riggat och grabbarna gjorde sig i ordning, Luke kom fram till mig och gav mig en kyss, "jag älskar dig", viskade han och gick sedan tillbaka till grabbarna backstage. Luke klev upp på scenen med de andra grabbarna och ljudet av deras musik fyllde lokalen. Jag satt där och log medan jag såg på dem. Det var något speciellt med att se Luke uppträda, hans passion och energi var smittsam. Publiken verkade också uppskatta det, de dansade och sjöng med i låtarna. Jag smekte min mage, tänk att våra tvillingar kommer att ha en pappa som är så begåvad. Efter ett tag kom en kvinna fram till mig och frågade om hon fick sätta sig vid mitt bord eftersom alla andra var fulla. Jag nickade vänligt och hon log tacksamt medan hon slog sig ner. Vi började prata, och jag upptäckte att hon var en lokal journalist som skrev för en musiktidning. Hon verkade intresserad av Luke och bandet, och jag berättade gärna om dem och deras musik. Mellan låtarna kom Luke ner från scenen och kom för att hämta lite vatten. Han log när han såg mig prata med journalisten och kom och gav mig en snabb kyss på pannan innan han skyndade tillbaka upp på scenen. Jag log för mig själv, stolt över honom och allt han hade uppnått. Kvällen flöt på, och innan jag visste ordet av var det sista låten. Publiken applåderade och skrek efter en bisång. Luke och grabbarna gav med sig och spelade ännu en låt, och Luke avslutade med att säga att han ska bli pappa till tvillingar och bad mig komma upp på scenen, han kramade mig och jag visade stolt upp min mage. Och sedan tackade de för sig och lämnade scenen under öronbedövande applåder och hurrande. Jag gick mot backstage med dem. Luke såg på mig med ett stort leende och öppnade armarna för en kram. "Hur tycker du det gick, älskling?" frågade han medan han höll mig nära. Jag kunde se glädjen och adrenalinpåslaget i hans ögon. "Det var fantastiskt, du var fantastisk", svarade jag och kysste honom mjukt. Luke log brett och kramade mig ännu hårdare. "Tack, babe. Det betyder så mycket att du är här och stöttar mig." Jag log tillbaka och kände mig varm inombords av hans kärlek och uppskattning. Tristan och River kom också fram och delade ut kramar och high-fives. "Vilken publik!" utropade River med en glimt i ögat. "Ja, det var riktigt grymt", höll Tristan med och log brett och grattis till tvillingarna. Efter att ha pratat lite med grabbarna och tackat dem för en fantastisk kväll så sa jag till Luke att han kan stanna och fira och jag kan åka hem, men han ville åka med mig hem istället. Han packade ihop sina gitarrer och vi gick mot bilen. Kvinnan jag pratade med under kvällen kom fram till oss medan Luke packade in sina gitarrer i bakluckan. "Jess?", sa hon, "hej, ja det är jag som är Jess", svarade jag, "vi pratade inne på klubben", tillade jag. "Ja precis, Jag är Alex, du är Mr Scott's manager?, visst?", frågade hon, "Mr Scott är min pappa", skrattade Luke och presenterade sig, "Jag är Luke", sa han. "Jag måste erkänna, jag är ingen journalist, jag är en talangscout för Universal Records, och vi skulle gärna ha ett möte med er och bandet", förklarade hon. Luke och jag såg på varandra, "absolut, här har du mitt kort så kan ni kontakta mig så ska jag be min assistent se över grabbarnas schema, hör av dig imorgon", svarade jag med min professionella röst."Tack, absolut, jag ringer imorgon, så grymt gig Luke, hälsa grabbarna", sa hon och gick. Vi hoppade in i bilen, "Luke detta är en jättebra möjlighet för er", sa jag och log, "ja verkligen, jag undrar vad grabbarna kommer säga, jag ringer dem när vi kommer hem", svarade han och log. Sedan startade han bilen och körde hem oss. Väl hemma var jag så lycklig över att allt gick så bra idag och giget var en succé. Vi gick upp till sovrummet och jag gick in i badrummet och tog en dusch, Luke kom in och spanade in mig när jag stod där naken, "du är så jävla het baby mama", sa han och log med det där leendet som får mig att smälta, "vill du komma och hjälpa mig?", svarade jag och bet mig i läppen. Jag har nog inte sett honom vara så snabb på att ta av sig kläderna och han ställde sig bakom mig och kramade om mig och hade sina händer på min mage. Han nafsade mig på örat och viskade "fan vad jag älskar dig" och hans beröring fick min hud att knottras. Jag vände mig mot honom med ögonen fulla med åtrå, han hukade sig och pussade min mage. Sedan ställde han sig upp och smekte sin hand över mina bröst och nafsade på mina styva bröstvårtor och jag andades tungt. Han förde sin hand längst med min kropp tills han kom mellan mina ben och sakta förde den närmare in och smekte mig sakta. Hans beröring var så skön och jag stönade högre. "Luke", viskade jag medan jag bet mig i läppen och andades tungt, vi torkade av oss och gick till sängen och kysste mig på munnen vidare ner mot magen och vidare ner mellan mina ben, jag låg ner och tog tag i lakanet och svankade uppåt. Njutningen var verkligen till max. Han slutade och förde in sin hårda lem i mig, och jag fick fram ett intensivt stön. Hans stötar var så sköna och han ökade stötarna sakta. Han träffade min G-punkt och mina orgasmer var verkligen mer underbara än tidigare, han fortsatte och stötarna blev mer intensiva och hårda precis som jag gillar det. Vi låg där i sängen och försökte hämta andan, Luke drog mig närmre honom och han smekte mina bröst och vidare ner mot magen och tillbaka. "Tänk att det ligger två små där inne, två små av oss", sa han och kysste min panna, jag log och kramade honom hårt. "Om sex veckor får vi reda på vad för kön dom är, jag kan knappt vänta", sa jag och pussade honom på hans bröstkorg. Vi låg fortfarande i sängen och ingen ville röra sig för vi låg så skönt där i varandras famn.

17

Dagen efter ringde Alex och vi styrde upp ett möte med henne på Universal som skulle vara nästa vecka. Grabbarna var super exalterade, och Luke bjöd över dom på middag. De skulle komma vid sjutiden. Jag bad Stella åka till affären och handla medan jag städade lite med Luke. Hon kom tillbaka efter cirka en timme med alla varor och jag satte fart att laga maten till middagen. "Jess, när ska du ta ditt körkort?", frågade Luke medan han satt på köksön, "Vart kommer den frågan ifrån?", sa jag och kollade lustigt på honom, "alltså jag menar inget illa, jag frågar bara", sa han, "jag är för rädd just nu efter olyckan Luke, du måste förstå att jag är rädd", svarade jag och såg på honom med tårarna i ögonen, han hoppade ner från köksön och kramade om mig. "Älskling, förlåt, gråt inte, jag menade inget illa, förlåt", sa han mellan kyssarna. Jag tog mig samman och skickade ut honom från köket och fortsatte med att laga maten. Luke satte sig i vardagsrummet och tog sin gitarr och satt och spelade en stund innan vi skulle göra oss iordning inför kvällen. Jag dukade bordet fint med vårt finporslin i väntan på att Tristan och River skulle komma. Killarna var i tid och Luke gick och öppnade dörren för dem, de hälsade på varandra och kom in och kramade mig. "Hej Jess, vad gott det doftar", sa Tristan, "tack så mycket",svarade jag, "det var länge sedan jag åt hemlagad mat", sa River och log. Killarna satte sig i vardagsrummet med Luke medan jag fixade det sista i köket. När allt var klart ställde jag allt på bordet och ropade på killarna, "maten är klar, kom och sätt er". Vi satte oss vid bordet och samtalen flöt på och grabbarna njöt av maten, vi hade en supertrevlig kväll med massor med skratt.

"Vad sägs om att vi överraskar grabbarna och sjunger en duett efter maten", viskade Luke till mig och jag log ett ja tillbaka. Vi var nu klara med maten och Luke gick in i vårt lilla musikrum med grabbarna och satte sig vid pianot och letade upp ackorden till låten vi skulle sjunga medan jag plockade undan i köket. När jag var klar i köket så gick jag in i musikrummet och satte mig ner som ingenting, Luke såg

på mig och nickade ett "är du redo" och jag nickade ett ja.

Han började spela på pianot och började sjunga Calum

Scott duett med Leona Lewis - You are the reason. Luke

började sjunga på första versen och sedan kom jag in i den

andra och så fort jag öppnade munnen för att sjunga så såg

Tristan och River åt mitt håll med munnen öppen och var så

förvånade. Grabbarna hade aldrig hört mig sjunga förut, och

jag hade hållit det som en överraskning för dem. Men nu

kände jag mig trygg nog att dela den här delen av mig själv

med dem. Luke fortsatte att spela pianot medan jag och han

sjöng i harmoni, fyllde rummet med känslor och toner.

Tristans ögon glittrade av förundran och han nickade i takt

med musiken. River, vanligtvis den mest oberörd av oss,

hade ett mjukt leende på läpparna och Luke's ögon var

mjuka när de mötte mina. Det var som om musiken hade en

förmåga att binda oss närmare samman, att öppna upp våra

hjärtan för varandra på ett sätt som inget annat kunde. När

låten nådde sitt crescendo och sista tonen klingat ut, satt vi alla tysta ett ögonblick och lät känslorna från musiken fortsätta att sväva runt oss. Sedan bröt Tristan tystnaden med en mjuk applåd, följt av River. Jag kände värmen av deras uppskattning och stöd, och det fyllde mig med en varm känsla av glädje och tacksamhet. Luke tittade på mig med ett brett leende och kramade om mig. "Det där var superbra Jess", sa Tristan och River, "vem kunde tro att ni skulle låta så bra tillsammans", tillade River och log. "Min kvinna kan sjunga så när tvillingarna kommer om några månader så kommer vi sjunga för dem hela tiden", sa Luke och skrattade. Killarna fortsatte att spela lite och sjunga medan jag gick och la mig på soffan för att vila lite framför tvn. Kvällen började nå sitt slut och Tristan och River skulle börja röra sig hem, de tackade för kvällen och vi följde dem till dörren och sa hejdå. När de hade gått så myste jag och Luke en stund framför tvn och sedan gick vi upp till sovrummet för att göra oss klara för sängen. Luke kramade om mig och pussade min mage och sa godnatt till bebisarna och vi la oss i sängen och jag somnade medan Luke satt och

kollade lite i sin telefon.

18

Det var nu tisdag och grabbarna skulle ha möte på Universal med Alex, vi mötte Tristan och River med deras managers utanför och gick tillsammans in. Alex assistent kom och hämtade oss i lobbyn och visade oss in i ett konferensrum, vi satte oss ner och Alex kom in efter en liten stund och välkomnade oss. "Vad trevligt att alla är här, välkomna, så jag älskade er spelning förra veckan. Den var verkligen en succé, och vi på Universal Records vill ha er på vårt bolag", sa hon och log. "Här har jag några kontrakt", hennes assistent delade ut dem,"Jag vill att ni ser över dem och om allt låter bra så kan ni skriva under dem",tillade hon. "Jag ska be våra advokater att se över dem så återkommer vi om allt ser bra ut", sa jag med en professionell röst. "Ja, det låter jättebra, inga problem", svarade Alex och log. Vi tackade för oss och Luke höll min hand i sin och vi begav oss mot utgången. Vi gick till bilen och satte oss, jag tog fram telefonen och ringde vår advokat och han ville att vi skulle komma förbi med kontraktet så att han kunde kolla på det. Luke körde till honom på en gång, väl framme gick Luke och lämnade de till advokaten och kom sedan tillbaka till bilen. "Ska vi åka hem eller vill du hitta på något?", frågade Luke och log, "vi kan hitta på något, ska vi åka ner till Santa Monica och ta en promenad?", frågade jag. "Det låter som en bra idé", svarade Luke och startade bilen. Väl framme njöt vi av den salta havsluften när vi promenerade längs Santa Monica Pier. Solen började sänka sig och färgade himlen i nyanser av rosa och orange. Trots den hektiska dagen kände jag mig lugn bredvid Luke. Vi stannade vid ett ställe som sålde glass och beställde varsin strut. "Det här är perfekt," sa jag och log mot Luke med glassen i handen. Han log tillbaka och lutade sig mot räcket med utsikt över havet. Vi tystnade ett ögonblick och bara njöt av stunden. Plötsligt bröt Luke tystnaden, "Tänk att vi kanske är på väg att skriva under med Universal." Hans röst var fylld av både spänning och nervositet. Jag nickade och tog en tugga av min glass. "Det är helt galet när man tänker på det. Vi har kämpat så länge för det här." "Ja, men det känns som att det här är början på något stort," sa Luke och la sin hand på min. Vi tittade ut över det glittrande vattnet och lät tankarna vandra. En kvinna kom fram till oss och knackade mig på axeln, "Hej, förlåt men jag är ett stort fan av Luke, är det okej om vi kan ta en bild med honom?", frågade hon och log. Både jag och Luke vände oss om, "Ja, absolut, vad snällt att du frågar", svarade jag och log. Luke ställde sig bredvid kvinnan och jag tog bilden på dem, hon tackade jätte mycket och gratulerade oss till våra bebisar. "Såna människor gillar jag, respektfulla, att hon frågade mig var så fint av henne", sa jag till Luke när hon hade gått. "Ja, verkligen, det var fint av henne", svarade han och gav mig en puss. Vi märkte att mer folk började samlas på piren så vi började gå mot bilen för vi visste att snart så kommer alla vilja ta bilder med Luke. Vi gick i tyst samförstånd mot bilen, hand i hand. Det var en vacker dag vid piren, solen började sakta doppa sig under horisonten och färga himlen i varma nyanser av orange och rosa. Trots den stillsamma atmosfären kände vi båda på en underlig spänning i luften när vi närmade oss bilen. Luke grep min hand lite hårdare när vi märkte att fler människor hade börjat samla sig runt omkring oss. Det var som om vi var omringade av en växande mur av nyfikna ögon och ivriga röster som ropade efter Luke. "Vi måste skynda oss härifrån," sa jag till Luke och försökte le trots mina nerver. Han nickade och öppnade dörren till bilen samtidigt som han höll ett vakande öga på folkmassan. Precis när vi skulle kliva in i bilen hörde vi en röst som skar genom den glada sorlet. "Luke, kan jag få en autograf?" ropade någon. Jag vände mig om och såg en ung flicka med ett block och en penna i handen, hennes ansikte glödde av upphetsning. Luke log vänligt och gick fram till henne. "Självklart," sa han och tog pennan från hennes hand. Jag stod bredvid och betraktade dem med en blandning av stolthet och oro. Det var fantastiskt att se hur mycket han betydde för så många människor, men samtidigt kände jag en stark önskan att skydda honom från all uppståndelse. Efter att ha skrivit

autografer och tagit bilder med några av fansen lyckades vi
till slut komma in i bilen och köra iväg från piren. Jag
slappnade av lite när vi körde längs vägen, bort från
folkmassan och tillbaka till vår lilla oas av lugn och ro. Luke
lade sin hand på min och log trött men lyckligt. "Tack för att
du alltid finns vid min sida," sa han mjukt. Jag log tillbaka
och kände mig tacksam för varje ögonblick vi delade
tillsammans, oavsett om det var mitt i en folkmassa eller bara
vi två. "Alltid," svarade jag och kramade hans hand lite
hårdare. När vi nästan var hemma så ringer vår advokat, "Allt
ser jättebra ut med kontraktet, så Luke och grabbarna kan
skriva på dem om de vill det", sa han och vi tackade och la på
luren. "Hörde du älskling, allt såg bra ut, om du vill skriva
på så gör det, jag stöttar dig i dina val",sa jag och log. Luke
såg på mig med sådan glädje, "jag måste ringa grabbarna men
jag gör det när vi kommer hem", log han. "Det låter
fantastiskt, älskling," sade jag och log tillbaka. Vi fortsatte
färden hemåt medan spänningen vibrerade i luften runt oss.
Luke var ivrig att berätta nyheterna för sina vänner, och jag

kunde knappt vänta med att se deras reaktioner. När vi

äntligen nådde hemmet, skyndade Luke in för att ringa sina

vänner medan jag tog hand om att förbereda lite snacks för

att fira. Jag kunde höra glädjefulla rop från vardagsrummet

när Luke berättade den fantastiska nyheten för sina grabbar.

Snart hade vi ett litet impromptu-firande på gång med skratt

och glada tillrop som fyllde rummet. När jag gick in i

vardagsrummet såg jag hur Luke strålade av lycka. Han kom

fram och kramade mig hårt. "Tack för allt stöd, älskling. Jag

kunde inte ha gjort det här utan dig vid min sida," sa han,

och jag kunde känna värmen från hans kärlek. Vi fortsatte

att fira och njuta av ögonblicket, känslan av lättnad och

glädje som fyllde varje del av oss. Det var som om allt arbete

och alla utmaningar vi hade gått igenom hade lett oss till den

här punkten, och det var så värt det. Senare på kvällen, när vi

låg i sängen, höll vi varandra nära och pratade om framtiden.

Det var en sådan känsla av tillfredsställelse att veta att vi hade

tagit ett stort steg framåt tillsammans, vi skulle få två

fantastiska barn och nu Luke's musikkarriär som tar fart. Jag var så lycklig för hans skull, och för Tristan och Rivers skull.

Dagen efter åkte Luke och grabbarna tillbaka till Universal och skrev på kontrakten. Jag var hemma och fixade i vår garderob, sorterade och städade lite. "Jess, Jess, Jess" hör jag någon ropa utifrån, jag ställde mig i fönstret som var mot vår uppfart och där står hon, min mamma igen. Jag gick ner och öppnade dörren. "Vad vill du?, vad gör du här?, jag kommer att ringa polisen om du inte går", sa jag medan jag skakade av ilska, "Wow, Jess, ska jag bli mormor?", frågade hon med ett leende, "du kommer aldrig att vara mormor, du har aldrig varit min mor så håll dig borta från oss, hur många gånger ska jag behöva säga det?", svarade jag och precis då körde Luke, Tristan och River in på vår uppfart. Luke klev ur bilen och därefter grabbarna, "jag får be dig att gå, du är inte välkommen här, du stressar min fru så dra innan jag ringer polisen", sa han så argt. "Jag tänker aldrig lämna dig Jess, hur kan du behandla mig så här?", sa hon och hade tårar i ögonen. "Vad fan är det du inte fattar?"Du är inte min mamma, jag vill inte ha med dig och göra efter allt du gjort mot mig", sa jag medan jag ringde polisen. Luke och grabbarna försökte att få bort henne från vår uppfart men hon verkligen vägrade. Polisen kom inom några minuter, "Hej, ni måste få bort den här kvinnan, hon upprör min fru, min fru är gravid och får inte stressa", sa Luke till polismannen medan Tristan och River stod bredvid mig beredda att skydda mig från henne. Hon vägrade fortfarande och polisen tog in henne i sin bil då hon blev arresterad för olaga intrång då Luke fick nog och ville anmäla henne. När de hade lämnat oss kom Luke kom fram till mig och höll mig hårt, "Älskling allt kommer att bli bra", viskade han och vi alla gick in. "Sorry Jess, men den där kvinnan är verkligen läskig", sa River och Tristan höll med. "Jag vet, hon är helt psyko, förlåt att ni behövde se det där", svarade jag och gav dem en kram var. Vi satte oss i vardagsrummet och de berättade om allt som hände på Universal, jag var så stolt över dem. "Vi måste fira", sa jag och kramade om Luke, "ja det måste vi baby", svarade han och gav mig en kyss. "Vi fixar en fest på lördag här hemma, jag ringer cateringfirman på en gång ", sa jag och gick iväg till köket för att ringa dem medan grabbarna gick in i musikrummet. Jag gjorde några snabba samtal och ringde Stella för att ge henne all information, sedan gick jag in till grabbarna medan de jammade. " Baby, allt är fixat, på lördag klockan sex är det party time här hemma", sa jag och skrattade för att Luke och grabbarna fjantade runt och Luke såg så söt ut. Han slängde gitarren mot ryggen och greppade tag i mig och kysste mig, "En bättre fru finns inte", sa han och log. Dagen efter kom Stella och vi började planera för fullt inför festen. Vi planerade allt från mat och dryck tillsammans med cateringfirman och gick igenom dekorationerna med festfixaren. Jag ringde även Alex på skivbolaget och koordinerade allt med henne också. Hela veckan planerade vi festen för fullt och fixade iordning huset för gästerna.

19

Det är nu lördags eftermiddag och Luke och grabbarna

håller på att rigga vid poolen. Gästerna kommer att börja

dyka upp om två timmar. Jag går och tittar till hur det går

för dem, "baby, hur går det för er?", frågade jag med ett

leende, "det går bra, vi är snart klara", svarade Luke och kom

fram till mig och gav mig en puss. "Okej vad bra, du måste

snart gå och byta om", sa jag och började gå mot

vardagsrummet för att se hur det går för catering personalen.

"Behöver ni hjälp med något?" frågade jag vänligt och

personalen log mot mig och tackade nej. Jag tog en snabb

titt runt för att se så allting såg bra ut och insåg att det bara

var en liten stund kvar innan gästerna skulle börja anlända.

Efter att ha sett till att allt var i ordning ropade jag på Luke

och gick jag upp till sovrummet för att byta om till min

festoutfit. Jag valde en färgglad klänning som matchade den

glada atmosfären vid poolen och piffade till det med några

smycken och snygga klackar. När jag nästan var helt klar så kom Luke upp och fixade sig, han kramade mig och pussade på min mage och sedan gick jag ner igen för gästerna var redan på väg att anlända och jag kände en pirrande spänning i magen inför kvällens festligheter. Jag såg River och Tristan stå vid poolen och välkomna de första gästerna med skratt och glada tillrop. Det var tydligt att det här skulle bli en kväll att minnas. Jag log och gick fram till de gäster som kommit och hälsade på dem och vi var redo att fira och njuta av kvällen tillsammans med våra vänner och några från Universal Records. Jag minglade runt lite och fler och fler gäster har börjat anlända. Många av gästerna gratulerade oss till graviditeten och var glada för vår skull. Luke var nu klar och kom fram till mig, la handen om min midja och gav mig en puss på kinden. "Hej min vackra fru", sa han och hälsade på dem jag stod och pratade med. Alla hade nu kommit och Luke, Tristan och River ställde sig vid poolen och Luke höll tal för att tacka dem på Universal Records för att de har signat dem. "Jag ska hålla mig kort, Vi är oerhört tacksamma för ert stöd och förtroende," sa Luke med en strålande blick över publiken. "Att få vara en del av Universal Records är en dröm som går i uppfyllelse för oss. Vi lovar att arbeta hårt och leverera musik som berör och inspirerar." Applåderna fyllde luften när Luke avslutade sitt tal och de började spela sin fantastiska musik och Luke's röst lät som magi i mina öron. Att få ha honom som min man är fortfarande en dröm varje dag. Musik fyllde luften och gästerna dansade och skrattade runt omkring oss. Jag kände mig svävande av lycka när jag såg mina vänner och kollegor njuta av kvällen. Det var en perfekt samling av människor som betydde allt för mig. När de spelade klart så tog jag Luke's hand och vi gick tillsammans längs poolkanten, tittade på stjärnorna som glittrade på himlen ovanför oss. Det var en magisk stund, en tidpunkt då allt kändes möjligt. Plötsligt kände jag ett lätt pirrande från insidan av min mage. Jag tittade upp på Luke med glittrande ögon. "De rör sig," viskade jag, med en blandning av förundran och glädje. Luke log brett och lade sin hand över min mage, "Våra små stjärnor," sa han ömt och lutade sig för att kyssa mig. Jag log och kände mig fylld av kärlek och tacksamhet för allt vi hade och allt som väntade oss i framtiden. Denna kväll, denna stund, var bara början på vårt nya kapitel tillsammans som familj. Kvällen började gå mot sitt slut och den sista gästen har du gått. River, Tristan och Luke plockade ihop sina instrument och caterings personalen höll på att plocka ihop sina saker. Jag hjälpte till med det jag kunde, plocka lite glas här och där och såg till att allt gick smidigt. När allt var nerpackat och klart så gick caterings personalen och River och Tristan lämnade kvar sina saker och tog en Uber hem för de skulle hämta sina saker morgonen därpå. Jag och Luke sa hejdå och tackade för en underbar kväll. Vi gick upp och gjorde oss i ordning för natten. "Är du trött älskling?", frågade Luke och såg på mig, "Nej, jag är inte trött",svarade jag. Luke kom emot mig och tryckte min rygg mot väggen, han kysste mig och slet av mig min klänning med sådan styrka som fick hela mig att rysa av åtrå. Han smekte hela min kropp medan han tryckte mig mot väggen medan han kysste mig och efter en

liten stund drog han mig mot sängen. Jag lade mig ner
försiktigt och han lade sig på mig och förde sin lem i mig och
jag skrek av njutning. Hans stötar var av ren magi, så sköna.
Han vände på oss och jag var nu över. Jag förde in hans lem i
mig igen och red han med mjuka stötar, vi njöt av varandras
närhet, vår passion för varandra var så magisk. Så magiskt att
det är svårt att beskriva. Jag ökade takten och han njöt av att
jag var djupare inne i honom. Hans händer flödade över hela
min kropp och jag rös av varje beröring. Vi låg i varandras
famn och njöt av varandra, Luke kysste mig och höll mig
hårt. "Jag är så lycklig älskling", sa han mellan andetagen,
"jag med min älskling, och jag är så stolt över oss", sa jag och
kramade honom hårdare. Dagen efter kom Tristan och
River och hämtade sina saker medan jag låg kvar i sängen
och vilade. Luke gjorde kaffe till dem och de satt och pratade
och planerade nere i vardagsrummet. Jag klädde på mig och
gick ner och hälsade på dem och satt med för att höra vad de
ville göra. Jag är ju Luke's manager så att jobba med
grabbarna är verkligen sjukt roligt. "Jess, vi skulle vilja att du

också är vår manager, är det något du skulle kunna tänka dig?", frågade Tristan och River och båda log. Luke såg på mig och log, "Nå baby skulle du kunna vara deras manager också?", frågade han. "Oj, jag känner mig hedrad, självklart skulle jag vilja det. Det skulle underlätta allt", svarade jag och skrattade. River och Tristan kramade om mig, "tack Jess, vi uppskattar verkligen det", sa Tristan och log. "Jag fixar alla papper ikväll så kan vi mötas i veckan och skriva under dom, låter det bra?", sa jag och log, "absolut", svarade båda. Luke såg nöjd ut, "baby vill du att jag ska hämta något och dricka till dig?", frågade han, "Nej det är bra, jag vill höra mer om era planer nu", svarade jag och log brett. De satt och berättade om alla planer och vilka låtar de ville spela in och massor av andra saker och jag lyssnade ivrigt. När vi var klara så åkte grabbarna hem och jag och Luke satte oss vid poolen och njöt av vädret. Det var en varm och solig dag, "Luke?", sa jag, "ja, älskling", svarade han. "Vad sägs om att flyga hit mamma, pappa, Jeremy och Sarah?", frågade jag och log. Luke's ansikte lös upp, "vilken bra idé, de skulle älska att få spendera lite tid med oss innan bebisarna kommer", svarade

han, "vad säg om att vi flyger hit dom nästa månad så kan

dem vara med på vår baby gender reveal och julafton?", sa

jag, "låter perfekt, mamma skulle inte vilja missa det och inte

Sarah heller, vi kör", svarade Luke och kramade om mig. Vi

började genast att planera och jag ringde runt och kollade

vad ett privatplan skulle kosta att hyra för jag ville verkligen

att dem skulle komma hit så fort som möjligt. Jag och en

som äger ett plan kom överens om ett pris och bestämde

datum och tid. Jag ringde Stella och bad henne komma över

så att hon kunde hjälpa mig med lite saker. Stella kom över

och jag bad henne ringa några samtal medan jag ringde

andra samtal, allt var snart klart och alla planer såg bra ut.

Jag bad Luke ringa sin mamma och säga att de ska vara redo

den tjugonde december och han gjorde som jag sa. Jag och

Stella gick upp till mitt kontor och jag bad henne skriva ut

kontrakten till Tristan och River så att de kunde skriva på

dem under veckan. Sedan gick jag ner till Luke som satt inne

i musikrummet och spelade på sin gitarr, han såg upp och

såg så glad ut. "Familjen kommer och jag gav dem all info så de är klara och redo den tjugonde älskling", sa han medan han spelade på gitarren och log. "Vad kul älskling", svarade jag och gav honom en puss. Jag gick sedan och kollade till hur det gick för Stella. "Hur går det?", frågade jag, "de är klara", svarade hon och gav mig dem, "tack Stella, kan du ringa dem och säga att de är klara, så kan du se när de har tid att komma och skriva på dem", sa jag och log. "Absolut, jag fixar det nu", svarade hon och tog upp sin telefon. Jag gick till vardagsrummet och satte mig ner i soffan och vilade lite.

Stella kom ner från kontoret efter några minuter, "Jess, grabbarna kommer över snart, de ville skriva på så fort som möjligt", sa hon och log, "okej vad kul", svarade jag och log tillbaka. Luke kom ut till oss med gitarren i handen och satte sig på fåtöljen, "lyssna på den här", sa han och började spela en melodi som genast grep tag i mig. Det var som om varje ackord berättade en historia, och jag kunde inte hjälpa att låta mig förföras av den. Stella och jag satt tysta, försjunkna i musiken medan Luke spelade. Det var något magiskt över den stunden, som om allt annat försvann och bara musiken var kvar. När Luke slutligen avslutade låten bröt jag tystnaden, fortfarande fylld av känslor från melodin. "Det där var fantastiskt, Luke. Du är verkligen talangfull." Stella nickade instämmande och log. "Det är verkligen något speciellt med den låten," sa jag efter en stund. "Vad heter den?" Luke log. "Det är en ny låt jag har jobbat på. Jag har inte riktigt bestämt mig för ett namn än. "Du borde definitivt spela den för grabbarna när de kommer," sa jag entusiastiskt. "De kommer att älska den." Stella nickade. "Absolut, det måste du göra. Jag är säker på att de kommer att bli imponerade." Vi fortsatte att prata och skratta medan vi väntade på att grabbarna skulle dyka upp. Men i mitt sinne spelade fortfarande Lukes melodi och jag kunde inte släppa tanken på den, det var något speciellt med den men jag kunde inte sätta orden på de. Tristan och River kom precis och Luke gick och öppnade dörren för dem. De hälsade och Luke följde dem mot vardagsrummet, de satte sig ner och Stella la fram kontrakten framför dem. "Detta kontrakt har även Luke skrivit på så det är exakt samma som han har, inga konstigheter eller så", sa jag och log. "Det är sant grabbar, det är precis samma kontrakt som jag har, och då är ändå Jess min fru och jag litar på henne med mitt liv", sa Luke och försäkrade dem att allt stod rätt till. "Okej, skönt att höra", sa Tristan och skrev på kontraktet, "jag litar på dig Jess", sa River och han skrev också på. "Välkomna till vårt team", sa jag och kramade dem.

20

Luke och grabbarna har jobbat så hårt de senaste veckorna, de har haft studiotid och de har snart spelat in hela sin skiva. Universal är supernöjda med att de har jobbat så hårt och planerar att släppa deras skiva snart. Luke's familj kommer hit om två dagar och jag är hemma och fixar en hel del och idag ska jag åka till läkaren för att ta reda på könen på våra små bebisar och Stella ska följa med mig då Luke jobbar. Vi körde till läkaren och vi gick in och satte oss i väntrummet. Sköterskan ropade upp mitt namn och jag följde med henne till rummet och la mig på britsen, läkaren kom in efter någon minut. "Hej Jessenia, så idag ska vi se om vi kan se könet på barnen och så ska vi mäta och prata lite", sa hon och log, "absolut, och om vi kan se könet idag så kan du vara snäll och skriva upp det på en lapp", svarade jag och log.

"Absolut inga problem", svarade hon och vi fortsatte undersökningen, allt såg jättebra ut och de växte som de skulle och hon kunde se könet på bebisarna och hon skrev ner dem på en lapp och la det i ett kuvert. När vi var klara så gick jag ut till Stella i väntrummet och gav kuvertet till henne och sedan gick vi ut till bilen. "Glöm inte att ingen får se de bara du och hon som ska fixa ballongerna, okej", sa jag till Stella och log, "inga problem Jess", svarade hon och log tillbaka. Hon körde hem och väl hemma satte vi oss ner i vardagsrummet och planerade det sista till mitt och Luke's baby gender reveal. "Okej, så Andrew får åka och hämta Luke's familj på lördag och på måndag så har vi festen med alla. Och på onsdag är det julafton så du är självklart ledig från tisdag till den fjärde januari, blir det bra?", sa jag och log. "Absolut, tack så mycket Jess", svarade hon och gav mig en kram. "Oroa dig inte, allt kommer att bli perfekt", tillade hon. Plötsligt hörde vi en bil som tutade utanför huset, Stella gick och kollade vem det kunde vara. "Jess, du kommer inte tro dina ögon, kom hit", sa hon medan hon stod med dörren öppen. Jag ställde mig upp och gick mot ytterdörren, där stod Luke med en ny bil. "Älskling, den här bilen är till dig", sa han och kom fram till mig och gav mig en kyss. "Men älskling, jag har inte ens körkort", svarade jag och log, "ingen fara, jag har fixat en chaufför till dig, tills du tagit körkortet", sa han och log. "Tack älskling", sa jag och kysste han, Vi gick sedan in igen och jag berättade hur det gick hos läkaren och Stella viftade med kuvertet, "bara några dagar kvar så får ni veta vad det blir", sa hon och vi alla skrattade och Luke kramade om mig och pussade på min mage. "Stella du kan gå nu, glöm inte att fixa ballongerna bara", skrattade jag och gav henne en kram. Hon packade ihop sina saker och gick. "Hur gick det idag älskling", frågade jag, "Det gick jättebra, vi spelade in tre låtar och jag tror att den här skivan kommer att bli stor älskling. Tristan och River är också jätteglada", log han stolt. "Vad glad jag blir, jag är så stolt över dig och grabbarna", sa jag och kysste honom. "Andrew kommer att hämta din familj på lördag så att ni slipper stressa i studion och jag kommer vara här och laga middag så att allt är klart och på måndag så är det fest, låter det bra älskling?", sa jag och log. "Låter perfekt",svarade han och tog min hand i sin och drog mig till sig och omfamnade mig i en kram, han kysste mig på halsen och förde sin hand längst upp för mitt lår och sedan uppför min klänning. Han förde sin hand innanför mina trosor och smekte min klitoris mjukt medan vi backade mot soffan och han satte sig ner. Han knäppte upp sina byxor och tog sedan ner mina trosor och jag satte mig över honom. Jag kysste han mjukt och han slet sönder min klänning och såg på mig med åtrå. Jag förde in hans lem i mig och red honom mjukt medan mina andetag ökade. Jag ökade stötarna och båda andades tyngre, han smekte mina bröst med sina starka händer och nafsade på mina styva bröstvårtor och jag gav ifrån mig ett njutande stön. Mina stötar mot hans hårda lem ökade och ökade. Luke drog in mig mot sig hårt och jag ökade stötarna mer så att hans lem nuddade min G punkt och jag kom i en våg av härliga orgasmer och jag fortsatte att stöta och jag kom i mer vågor av orgasmer, Luke bar upp mig och la mig på soffan medan hans stötar gav mig mer orgasmer.

21

Det är nu lördag och Luke är i studion och jag fixar hemma, städar undan lite saker och förbereder middagen för snart så kommer Luke's familj. Som vi har längtat att de ska komma så att vi kan spendera vår första jul tillsammans samt att vi ska ha vår gender reveal. Andrew är och hämtar dem på flygplatsen just nu så de borde vara här snart. Jag dukade bordet inne i matsalen, Stella hade hämtat blommor på morgonen så dom satte jag i en vacker vas mitt på bordet. Jag tittade till maten som snart är klar och jag behövde sätta mig ner en stund då jag började få ont i ryggen. Efter några minuter såg jag på övervaket att Andrew körde in på uppfarten, han parkerade och gick ut för att öppna dörren för Luke's mamma och Sarah medan Luke's pappa och Jeremy hoppade ur bilen själva. Jag gick och öppnade dörren, "Jessenia, du ser strålande ut", sa mamma när hon såg mig och gick fram till mig och gav mig en kram, "Hej

Jess, vilket hus ni har, wow", sa Sarah med uppspärrade ögon. "Vi har en pool också, du kan ta ett dopp senare om du vill", sa jag och log. "Ja, gärna vill jag det", svarade hon och log. Luke's mamma och Sarah följde mig in i huset medan Andrew, Jeremy och Mr Scott bar in deras väskor. Jag ledde in dem till vardagsrummet och sedan visade jag runt dem i huset. "Vad fint ni har det, jag är så stolt över er Jessenia", sa mamma och såg på mig med en stolt blick. "Luke borde vara klar snart i studion, så vi väntar på honom och sedan kan vi äta, går det bra?", frågade jag och log, "absolut, det är ingen fara", svarade mamma. Jag visade dem till deras rum och jag, Sarah och Jeremy gick ut till poolen och visade dem runt. Solen höll på att gå ner och solnedgången var magisk. Luke's mamma och pappa kom ut till oss och vi såg på de vackra färgerna. Det plingade till i min telefon, "Jag är på väg nu, ses om tjugo minuter, älskar dig baby", det var Luke som skickade ett sms. "Luke är här om ungefär tjugo minuter", sa jag och log brett. Jag skickade hem Andrew så att han kunde vila lite, "Andrew vi ses imorgon, kan du kolla med Stella så att allt är klart är du snäll", sa jag innan han gick. "Absolut, inga problem, ses imorgon", sa han och gick. Luke kom nu hem och hälsade på sin familj, han kramade om sina föräldrar och syskon. Vi satte oss ner för att äta, jag ställde fram maten på bordet och alla tog för sig. "Wow, vad gott det är Jess, riktigt gott", sa Jeremy och log, "ja verkligen", sa mamma och log brett. "Tack så mycket, jag är så glad att ni gillar maten", sa jag och log, "du vet vad man brukar säga Jess?, en väg till en mans hjärta går via magen", sa pappa och log, "Pappa, tro mig Jess kan laga mat, men jag älskar henne lika mycket även om hon inte hade kunnat laga mat, men jag är glad att min fru kan laga mat", sa Luke och gav mig en kyss på kinden. Vi åt klart och Luke hjälpte mig att duka av bordet, jag la in resterna i kylen och fixade lite snacks till alla som vi skulle njuta av medan vi skulle se på film. Luke bar ut brickan till vardagsrummet medan jag fixade det sista i köket. När jag kom in i vardagsrummet igen och satte mig ner bredvid Luke så satte vi på filmen. Plötsligt frågar Luke, "Vad tror ni att vi kommer att få?" två av samma kön eller en av varje", sa han och log mot sin familj. "Jag tror att ni kommer få flickor", svarade Sarah, "jag tror ni kommer få två pojkar", sa Jeremy och pappa, "jag tror att ni kommer få en av varje", svarade mamma och log. Luke kramade om mig och gav mig en puss på kinden. "Mamma, pappa, jag är så lycklig, även om vi inte planerade att få barn nu så är jag ändå glad", sa Luke och log. "Ja, verkligen, det var inte planerat men vi är ändå så glada", sa jag och log. Vi kollade klart på filmen och sedan gick vi alla och la oss, det hade varit en lång dag. Det var en stillsam kväll efter en dag fylld med överraskningar och känslor. Jag låg bredvid Luke i sängen och kände mig tacksam för det liv vi delade och för den kärlek vi hade. Trots att framtiden verkade oviss, visste jag att vi skulle klara allt tillsammans. Morgonen grydde och solens strålar letade sig in genom gardinerna, fyllde rummet med ett varmt sken. Jag vaknade med en känsla av förväntan i bröstet, redo att möta den nya dagen och alla dess möjligheter. Jag kände Lukes armar omkring mig och visste att oavsett vad som skulle komma, skulle vi alltid ha varandra. Vi började dagen med en lugn frukost tillsammans med hela familjen. Efter frukosten skulle de iväg på sightseeing medan jag stannade hemma då det skulle bli lite mycket för mig med tanken på att jag bär på två små i magen. Jag behövde ändå se så allt är klart inför imorgon med Stella. Jag sa hejdå till alla och önskade dem en lyckad och mysig dag, sedan gick jag och satte mig vid datorn och jobbade lite. Timmarna gick och jag satt fortfarande och jobbade när Luke och familjen kom hem. "Jess, vi är hemma", hörde jag Luke ropa från ytterdörren. "Jag är här uppe älskling", ropade jag tillbaka medan jag reste mig upp för att gå ner och hälsa på alla. "Luke, vi får beställa mat då jag har jobbat som en galning sedan ni gick hemifrån, så jag hann inte laga något", sa jag medan jag gick ner för trapporna. "Ingen fara älskling, vi åt på stan men vi kan beställa något till dig om du vill", svarade Luke när jag kom ner och kramade om alla. "Jag åt lite tidigare så det är ingen fara", svarade jag, Vi gick och satte oss vid poolen och Luke, Sarah och Jeremy berättade allt om vad de såg och vad de hade gjort. Jag lyssnade med spänning och vi satt och skrattade och skojade lite. Jag gick sedan in i musikrummet och hämtade två gitarrer, en till Luke och en till Jeremy. De satte sig och spelade och sjöng medan vi satt och lyssnade på deras vackra melodier. Det var en så mysig kväll med massor med skoj och sång. Jag och Luke sjöng en låt som Luke hade skrivit och alla tyckte om den jättemycket. Det började bli sent och vi gick in för att göra oss i ordning för imorgon, det är då vi ska ha vår gender reveal party så vi måste vara utvilade då gästerna kommer vid två tiden. Jag och Luke gick till vårt rum och jag tog en dusch medan Luke kollade på sin telefon. När jag var klar så gick Luke in och tog en dusch medan jag satte mig en stund vid datorn och kollade lite mail. När han var klar så stängde jag av datorn och gick och la mig bredvid Luke. "Luke, jag är nervös inför imorgon, visst jag är nyfiken vad som gömmer sig här inne men jag blir glad oavsett så länge de är friska", sa jag och flyttade mig närmare Luke. "Jag är också lite nervös älskling, men som du sa, så länge de är friska blir jag glad", sa han och gav mig en kyss och drog mig intill sig. Vi somnade

vi varandras famn och när vi vaknade dagen därpå så åt vi

frukost med alla medan catering personalen sprang fram och

tillbaka och fixade saker och festfixaren fixade iordning alla

ballonger och Stella och Andrew som sprang runt och

kollade så att allt blev perfekt. "Luke, vi måste ge dem en

liten jul bonus tycker jag, kan du snälla hämta mitt

checkhäfte är du snäll", frågade jag Luke, "absolut älskling",

sa han och sprang upp för trapporna till mitt kontor och

hämtade det. "Stella, Andrew, kan ni komma två sekunder är

ni snälla", ropade jag från köket, "ja, Jess vad kan vi hjälpa

med?", frågade de nästan i kör, jag och Luke log mot dem,

"här har ni en liten julklapp för att ni jobbar så bra", sa jag

och Luke och log. Vi gav dem deras checkar och de blev

jätteglada och gav oss en kram. "Det är snart dags, snart

kommer gästerna", sa mamma och log mot oss. "Tack

mamma, vi måste gå och byta om", sa jag och började gå upp

till sovrummet och Luke följde efter. Jag tog på mig en

vacker klänning och sminkade mig medan Luke tog på sig

sina kläder, och när vi var klara gick vi ner och väntade på gästerna som skulle komma snart. Tristan, River och Abbey var redan här och stod och pratade med Luke's familj. Jag satte mig i vardagsrummen och kände nervositeten spridas i kroppen, "Luke kan du komma snälla", ropade jag och han kom och satte sig bredvid mig. "Luke, jag är så nervös", sa jag och lutade mig mot honom. "Jag med älskling, jag är super nervös", sa han och höll om mig. Vi märkte att alla såg på oss och tyckte att vi var så söta ihop, men de förstod att vi behövde någon minut för oss själva innan alla kom. Fler folk började dyka upp och vi hälsade dem välkomna. Vid tre tiden hade alla nu kommit och vi lekte lite lekar och sedan vid fyra tiden var det dags. Det är nu vi får reda på vad som gömmer sig i magen, Stella hade fixat tårtor med könet på våra små liv. Jag och Luke greppade tag i kniven och med spänning skar vi in i den första tårtan medan alla hurrade och klappade. Vi såg färgen blå "en pojke", utbrast jag och kramade Luke, vi andades några sekunder och sedan greppade vi tag i kniven igen. Vi skar in i den andra tårtan och såg rosa "en flicka", utbrast Luke och kramade om mig hårt,"vi kommer ha en liten Luke och en liten Jess", sa han och jag fällde glädjetårar. Luke's mamma och pappa kramade om oss och gratulerade oss. Jag var så lycklig, tänk att vi ska ha en pojke och flicka. Tänk att deras pappa kommer att lära dem hur man spelar olika instrument och sjunga och de kommer ha de bästa farföräldrarna i världen och världens bästa faster och farbror. Min lilla familj som jag älskar så mycket. Våra vänner gratulerade oss också och vi fortsatte festen med fler lekar och mingel och vi hade det jättemysigt. När alla hade gått och all personal höll på att städa undan satte jag mig inne i musikrummet och tog några minuter för mig själv. Jag satt vid pianot och såg på de svart vita tangenterna. Tänk att jag har en så underbar familj och vänner, jag hade inte det när jag var liten. Min mamma brydde sig inte alls om mig, hon var bara ute och jag tog hand om mig själv. Min pappa vet jag inte ens vem han är då min mamma knappt vet vem han är. Jag är så stolt över mig själv att jag gjort något bra av mitt liv, jag gick ut skolan med toppbetyg och collage också. Sedan började jag jobba för Luke och var hans assistent och nu är jag hans manager och hans fru, och nu ska vi ha två små av oss. Och så har jag fått en så fin och vacker familj där de älskar sina barn och gör allt för dem och nu också för mig. Jag är verkligen lyckligt lottad, jag satt där själv och mina tankar snurrade medan jag fällde glädjetårar. Luke kom in i rummet och satte sig vid mig, "älskling vad är det?", frågade han och kramade mig, "Jag är bara så lycklig älskling, du förstår inte, att ha dig och din familj och nu våra små, det är verkligen en dröm.", svarade jag mellan tårarna och kramade honom hårdare. "Älskling, jag kommer alltid att finnas här och min familj också, vår familj", sa han och strök undan några tårar från min kind och gav mig en kyss.

22

Det är nu januari och julen och nyår flög förbi, Luke's familj åkte hem för två dagar sedan och Luke är tillbaka i studion med Tristan och River. De spelar in de sista låtarna för skivan ska vara klar nästa vecka så att de kan släppa den. Jag jobbar för fullt innan bebisarna kommer och har fullt upp med att planera nästa steg för Tristan och River och även för min underbara man Luke. Universal ringde och de ville planera in en turné för grabbarna i maj så det måste jag kolla hur de passar med alla scheman, men tur att jag har Stella som kan hjälpa mig. Jag ska ju föda nu i mars så då kommer Stella att hjälpa mig mer då jag kommer ha fullt upp med bebisarna och jag måste även intervjua några nannys för de dagarna jag måste vara iväg för jobb. Så jag har verkligen ett fullt schema de kommande veckorna. Jag satte mig vid poolen med en bok en stund när jag plötsligt hörde dörrklockan ringde, jag går in och ser efter vem det är på övervaket. Två poliser står vid dörren, jag fick en klump i magen och sprang för att öppna dörren. "Hej är det du som är Jessenia Scott?", frågade den ena polisen, "Ja, vad har hänt", frågade jag med skräcken i ögonen, "Det är din mamma, hon har tyvärr blivit mördad i fängelset", sa polismannen. Klumpen i magen försvann, "Jaha, okej", sa jag helt obrydd vilket förvånade polisen. "Förlåt, jag vet inte om du hörde mig, din mamma har gått bort", upprepade han, "Okej, världen är bättre utan henne men tack för informationen", sa jag och de såg väldigt förvånade ut, "alltså, jag och min mamma hade ingen bra relation, hon var ingen mamma hon va bara en självisk person som brydde bara om sig själv ingen annan", förklarade jag för de och de såg ut som att det förstod min reaktion. "Tack att ni kom och informerade mig, hoppas ni får en underbar dag", sa jag och stängde dörren och gick sedan ut till poolen och tog upp min bok. Jag fortsatte och läsa min bok och klockan har hunnit bli sju på kvällen och Luke kom hem. "Älskling jag är hemma", ropade han men jag kunde inte få fram ett ord jag satt ute vid poolen och la ifrån mig boken men jag fick inte fram ett ord. Han såg att jag bara satt där ute och kom ut till mig, "älskling jag är hemma", upprepade han men jag bara satt där. Luke satte sig bredvid mig och kollade om jag var okej, "polisen var här idag", viskade jag, "vad sa du?", frågade han, "polisen var här idag", upprepade jag lite högre. Luke såg på mig fundersamt, "min mamma är död", sa jag och såg ner, "Älskling, va?, vad menar du med död?", sa han chockat, "hon blev dödad i fängelset", svarade jag med tårarna rinnande ner för mina kinder. Luke kramade om mig hårt och bara höll mig medan jag grät. Jag tror att jag var så rädd att något hänt Luke tidigare att jag inte riktigt tog in att de var mamma som dött, även om vi inte hade en bra relation så var hon ändå fortfarande min mamma och jag tror nog att de va i detta ögonblick som allt slog mig, att hon är borta för alltid. Luke höll mig hårt, han behövde inte säga något, han visste att han bara behövde finnas där för mig, bara hålla om mig, bara vara där och hålla om mig. Vi satt kvar där tills jag började skaka av kylan som föll över mig och

Luke hjälpte mig upp på fötterna och sedan upp för trappan och in till vårt sovrum. Vi behövde inte säga ett ord till varandra, Luke såg på mig att jag var sårad att hon inte finns mer så han ville inte stressa upp mig mer. Jag reste mig upp och gick in till badrummet för att ta en dusch och Luke hjälpte mig att ta av mig kläderna. Jag tog min dusch och torkade av mig när jag var klar, sedan tog jag på mig min pyjamas och gick och la mig. Luke duschade snabbt och kom sedan och la sig bredvid mig och kramade om mig, "allt kommer bli bra älskling", viskade han, "jag älskar dig älskling", svarade jag och somnade i hans trygga famn. Dagen efter vaknade jag av att min telefon ringde, det var mammas advokat. Han ville gå igenom hennes testamente, "Du kan donera allt utom alla foton de vill jag ha och jag vill gärna att du kontaktar min assistent Stella framöver", svarade jag till honom och han skulle fixa det. "Okej Jessenia, jag fixar det, alla foton kommer jag att skicka till dig så fort det går", svarade han och vi la på. Luke åkte till studion för att jag insisterade att han skulle göra det och han ville inte tjafsa med sin gravida fru så han lyssnade på mig. Jag satte mig vid datorn några timmar och jobbade när jag plötsligt kände att något knäppte till och sedan började de droppa mellan mina ben, har jag kissat på mig? tänkte jag och gick till badrummet och satte mig på toaletten när de plötsligt började komma mer. "Åh nej, det är inte tid nu" sa jag högt för mig själv. Jag ställde mig upp och greppade tag i en handduk från skåpet sedan gick jag och ringde Luke, "Älskling jag tror att mitt vatten precis gick", sa jag lite i panik, "du skojar med mig", svarade han, "Nej, jag satt vid datorn för att jag jobbade och kände ett knäppande ljud och sedan kom de massor med vätska, så jag gick in på toan och nu står jag här och har jätte ont", förklarade jag. "Jag är på väg, vänta på mig, jag är där snart", sa han och vi la på. Nu började det göra riktigt ont så pass ont att jag knappt kan gå men jag försöker att packa BB väskan och försökte att ta mig ner till vardagsrummet. Luke rusar in och ropar "Jess, vart är du?", "Jag är här", säger jag från trappan när jag försöker ta mig ner för trapporna i smärta, han springer upp och hjälper mig ner. Han tar väskan från mig och vi går försiktigt till bilen men måste stanna upp lite då och då för att jag har så ont och jag försöker att andas genom smärtan. Jag satte mig i bilen och jag tar Luke's hand i min och ser han djupt i ögonen, "Vi klarar detta älskling, tillsammans", sa jag, han kramar om min hand hårt "Tillsammans för alltid", svarade han och gav mig en kyss. Luke kör till sjukhuset och vi parkerar bilen och Luke rusar in till förlossningsavdelningen och hämtar en rullstol med en sköterska hack i häl. Jag satte mig i rullstolen och Luke gick vid min sida och höll min hand medan jag andades igenom värkarna. Vi fick ett rum på en gång och läkaren kom in och tittade till mig. "Hur mår vi idag Jessenia?", frågade hon medan hon kollade på monitorn som mätte mina värkar. "Jag mår bra men har så ont", svarade jag, "Vi ska kolla hur öppen du är", sa hon och förberede sig för att undersöka mig och Luke var hela tiden vid min sida och höll min hand. "Du är nio centimeter öppen nu Jessenia", sa hon, "så det är snart dags att krysta och vi hinner tyvärr inte ge dig epiduralen", tillade hon. Jag såg på henne och sedan på Luke, "så jag ska föda utan den?", sa jag med panik i rösten. "Ja, tyvärr, vi hinner inte sätta den", sa hon och gick ut. Jag såg på Luke och jag såg på honom att han fick lite panik men försökte att dölja den. "Luke, jag är rädd", sa jag. "Du är stark, du är min fru, du är en Scott, vi kommer klara detta tillsammans min starka drottning", sa han medan han höll min hand och såg mig i ögonen, men jag såg att han också var rädd. Läkaren och några sköterskor kom in i rummet och fixade till rummet för att våra små ska nu komma, jag var nu öppen tio centimeter och det var dags att krysta. Jag tog i allt jag hade och krystade och krystade med Luke vid min sida som ger mig styrka och nu var första bebisen ute. "Det är en pojke", hör jag läkaren säga. Jag och Luke hör bebisens gråt och tårarna faller av lycka på oss båda och Luke kysser mig. Nu var det dags att krysta igen, jag krystar och krystar och Luke håller fortfarande min hand i sin och han ger mig mer styrka och nu var andra bebisen ute. "Det är en flicka", sa läkaren och vi hör bebis gråta och vi fäller mer tårar och Luke kysser mig.

Två sköterskor kommer med våra små bebisar och lägger dem i min famn och jag och Luke ser på varandra och sedan på våra små bebisar, så vackra små liv, så underbara, en evig kärlek av mig och Luke. Och vi kan verkligen inte vara mer lyckligare än vad vi är just nu. När vi var klara så körde de oss till vårt BB rum och där myste vi med våra små bebisar. Jag tog upp min telefon, "Luke, vi måste ringa mamma, pappa, Sarah och Jeremy nu", sa jag medan Luke höll i vår lilla pojke och jag ringde videosamtal till Luke's mamma. "Hej mamma", sa jag när hon svarade, "Hej Jessenia, har det hänt något?", frågade hon, "Farmor möt vår lilla prinsessa", sa jag och jag visade henne vår lilla dotter som låg i min famn.

Sedan kom Luke fram till mig med vår son och jag sa "farmor möt vår lilla prins" och Luke visade vår son för henne och hon grät glädjetårar och gratulerade oss, jag berättade allt för henne hur allt gick så snabbt och alla detaljer. Sedan la vi på och Luke ringde till Tristan och River och visade våra små bebisar och de var jätteglada för vår skull. Vi ringde några fler samtal och alla gratulerade oss.

"Luke?", sa jag, "ja, älskling?",svarade han och log, "Vår lilla
prins ska heta Lukas Jr",sa jag och log. "Lukas Jr", sa han och
log "jag gillar de", tillade han, "Vår prinsessa då?", frågade
han när han plötsligt sa "Luna". "Luna, jag älskar det", sa jag
och log," vår lilla Lukas och Luna, de är perfekt älskling", sa
jag och såg in i Lukes ögon med sådan kärlek att vi hade våra
små bebisar. Vi var kvar på sjukhuset i en vecka för att se att
allt var bra med bebisarna och efter den veckan fick vi åka
hem. Stella hade hämtat våra bilstolar då vi glömde dem när
vi åkte till sjukhuset. Väl hemma möttes vi av massor med
blommor, ballonger och presenter och plötsligt kom Luke's
familj ut ur musikrummet och överraskade oss med kramar
och stolta blickar. Jag var så lycklig och jag såg på Luke att
han också var lycklig. "Mamma, pappa, Sarah och Jeremy,
möt Lukas Jr och Luna", sa Luke och pekade på våra
underbara barn som låg i bilbarnstolarna. "Lukas och
Luna", sa Luke's mamma och log. "Ja, jag gav Lukas hans
namn och Luke gav Luna hennes namn", log jag och
kramade om henne. Jag såg hur stolt hon var över oss och

det liv vi skapar varje dag, att vi är lyckliga och älskar varandra mer och mer varje dag som går och att vi alltid finns där för varandra. Det spelar ingen roll vad som kommer i vägen, vi står alltid där starka med varandra vid varandras sida och ingen kan stoppa oss för vi krigar oss igenom allt. Vi älskar varandra så mycket att inget kan stoppa oss, vår kemi till varandra kommer alltid att finnas och den familj vi har kommer vi göra allt för. Hon såg verkligen att jag och Luke är perfekta för varandra och hon kan inte vara mer glad och lycklig att hennes son hittat sin andra hälft. Jag såg på Luke med lycka och kärlek medan jag höll hans hand i min. "Lukas Scott, jag älskar dig så mycket", sa jag och gav honom en kyss. "Och jag älskar dig Jessenia Scott"sa han och gav mig en kyss tillbaka och det där leendet som får mig att smälta medan han såg på mig djupt med sina smaragdgröna ögon. Och det känns som att allt och alla försvinner runt oss i en dimma. Efter allt vi varit med om och allt som vi kan se fram mot i livet så vet jag att Luke kommer alltid att finnas där för mig och våra barn, en lycklig familj som alltid kommer att finnas där för varandra. Spelar

ingen roll vad som kommer komma i vår väg för vi kommer

alltid att vara starka och inget kan stoppa oss. Det är jag,

Jessenia och Lukas för alltid.

Tackord

Tack till mina underbara vänner som stöttat mig med att skriva boken.

Tack till min underbara son, du ger mig styrka, glädje och ljus varje dag.

Mamma älskar dig Benjamin!